CE QUE JE N'AURAIS PAS DÛ VOIR

CE QUE JE N'AURAIS PAS DÛ VOIR

CHRISTOPHE MIRAUCOURT

RAGEOT

À Guyguy, Piou-Piou
et Gadget.

Cet ouvrage a été imprimé sur un papier
issu de forêts gérées durablement,
de sources contrôlées.

Certifié PEFC
Ce produit est issu de forêts gérées durablement et de sources contrôlées.
PEFC 10-32-2580
pefc-france.org

Couverture de Lorenzo Mastroianni.

ISBN 978-2-7002-3911-9
ISSN 1766-3016

ACTE I, SCÈNE 3

Lieu : la salle des professeurs.

Sont réunis : le proviseur du lycée et son adjoint, la professeure de français Mme Lepinay, le professeur de sport surnommé M. Muscles, le professeur de maths et sa femme.

Sur une table basse, une bouteille de champagne ouverte.

Le proviseur sert quelques coupes de champagne. Le public peut le voir verser discrètement une poudre dans un verre qu'il tend au professeur de mathématiques.

Le proviseur. – Vous prendrez bien un verre.

Le professeur marque une hésitation.

Le proviseur. – Ça ne vous tuera pas !

***Le proviseur**, en aparté.* – J'espère bien que si !

Le professeur de maths, en tendant la coupe à sa voisine, Mme Lepinay. – Honneur aux dames !

Le proviseur affolé se tourne vers elle et agite son index de droite à gauche.

Mme Lepinay avale le contenu de sa coupe d'un trait. Puis elle porte la main à sa gorge, se lève et pousse un cri. Elle trébuche, agrippe la veste du proviseur.

– Je meurs ! lance-t-elle d'une voix gutturale, avant de tomber sur le sol et de convulser.

Je ne peux pas m'empêcher de pousser un soupir exaspéré. Comme à chaque répétition, Clothilde en rajoute des tonnes. Je ne suis pas sûr d'avoir fait le bon choix en la prenant pour ce rôle. Enfin… est-ce qu'on peut vraiment parler de choix quand la demande émane de Tonio, son petit ami ? Il est en terminale et a suffisamment redoublé pour avoir son permis et une bagnole.

Tonio est un adepte du tuning. Il passe plus de temps à modifier sa voiture qu'à potasser ses cours. Son véhicule rouge sang ne ressemble à aucun autre. Flammes sur le côté, pare-chocs chromés, aileron à l'arrière et un moteur qui rugit lui donnent l'allure d'un monstre.

Lui fait un mètre quatre-vingt-dix, quatre-vingts kilos de muscles, est précédé par des rumeurs de nez ou de dents cassés, d'hémoglobine répandue, d'hématomes divers, ce que je ne compte pas vérifier par moi-même.

À un mois de la représentation devant les parents, on se croirait toujours à la première répétition. Irrité, je me lève de mon siège et je lance :

– Stop ! On arrête tout !

La lumière inonde la salle. Sur la scène, François, Guillaume, Vincent, Alexis, Tina, se tournent vers moi tandis que Clothilde se relève. J'explique, énervé :

– C'est un poison foudroyant. Et l'effet comique, c'est que le tueur rate son coup pour la troisième fois, d'où le titre de la pièce, *Le tueur maladroit* ! Pas la peine d'en rajouter. Vous vous souvenez de l'intrigue ? Le proviseur a un caractère volage. Il cherche à se débarrasser du mari de sa dernière conquête, le professeur de mathématiques, mais par maladresse et manque de chance, il tue les autres profs les uns après les autres.

Clothilde affiche une mine boudeuse. Sans doute juge-t-elle son talent d'actrice incompris. J'attrape le manuscrit de la pièce et bien que je n'en aie pas vraiment besoin puisque j'en suis l'auteur, je lis à voix haute :

– « Mme Lepinay avale le contenu de sa coupe d'un trait. Puis elle porte la main à sa gorge et tombe raide morte. » Raide morte !

Clothilde n'a pas le temps de répliquer. La porte de l'amphithéâtre s'ouvre sur Maxence, un pion d'une vingtaine d'années à l'allure dégingandée. Ses yeux balaient rapidement la salle et son visage s'éclaire quand il m'aperçoit.

– Monsieur Boulet voudrait te voir, me dit-il.

– On fait une pause !

J'emboîte le pas à Maxence. Dans le couloir aux peintures pisseuses, il me donne un coup de coude et, d'un signe de tête, il désigne des lycéens qui me jettent un coup d'œil appuyé.

– Toujours aussi célèbre, mon vieux ! Les filles doivent tomber comme des mouches.

Je ne réponds rien. Ma notoriété me colle comme une seconde peau et j'ai compris assez rapidement que je ne pourrai pas m'en défaire, pas plus qu'on ne peut se débarrasser de son ombre quand on marche au soleil.

C'est la rançon du succès pour avoir publié mon premier polar l'année de mes quinze ans et reçu trois prix littéraires pour l'originalité du scénario. Après, tout s'est accéléré. J'ai enchaîné les plateaux télé, le dernier en date sur Canal+, et je ne compte plus les interviews que j'ai accordées.

Les questions des journalistes manquaient singulièrement d'originalité et, si j'avais voulu, j'aurais pu faire un copier-coller pour y répondre.

« – À quel âge avez-vous commencé à écrire ?

– J'avais huit ans. Je recopiais les histoires que je lisais dans un cahier de brouillon. Après, j'ai commencé à griffonner des idées sur des bouts de papier. À dix ans, j'avais déjà lu des dizaines de livres et commencé des tonnes d'histoires.

– Est-ce que vos parents ou quelqu'un de votre famille vous a aidé à écrire ce roman ?

– Non. Je n'ai pas de nègre, si c'est ce que vous sous-entendez. J'ai toujours écrit et c'est sur le conseil de ma prof de français, madame Elakan, que j'ai envoyé ce polar aux éditions Rageot. Vous connaissez la suite.

– Vous comptez en écrire un autre ?

– Le prochain est déjà en préparation !

– Que ressent-on lorsqu'on est le plus jeune écrivain français ? »

Avec, de temps en temps, une question piège :

« – Si vous aviez trente ans, pensez-vous que votre livre aurait le même succès ?

Et une réponse du tac au tac :

– Si j'avais trente ans, seriez-vous en train de m'interviewer ? »

Je chasse ces souvenirs de mon esprit.

– Tu sais pourquoi il veut me voir ?

« Il », c'est le proviseur. Je lui dois de diriger le blog du lycée – un des nombreux changements intervenus depuis qu'on voit ma tête à la télé.

– Nan, j'en sais rien, répond Maxence.

Il s'arrête devant une porte sur laquelle une plaque indique : « M. BOULET – proviseur » et frappe deux coups secs. Sans attendre la réponse, il ouvre la porte et s'efface pour me laisser entrer.

Le proviseur est un homme à l'allure volontaire et au dynamisme communicatif mais il sait aussi être cassant, ce qui explique sans doute que peu de personnes se moquent de son patronyme.

– J'ai beaucoup aimé le dernier épisode de *Crime et bâtiment*, lance-t-il en se levant de son fauteuil. Quelle imagination !

– Merci monsieur, je réponds, perplexe.

J'ai du mal à l'imaginer apprécier autre chose que des comptes-rendus de conseil d'administration. Qu'il soit sensible à une parodie de polar dont le héros est un plombier psychopathe est assez surprenant, même si ce feuilleton dont j'écris un épisode par semaine est une des clés de la fréquentation assidue du blog.

– Je vous ai demandé de venir à propos de votre pièce, fait-il embarrassé.

C'est donc ça. Il veut savoir si nous serons au point pour le jour J.

Je le rassure.

– On répète trois fois par semaine. Ne vous inquiétez pas, on sera prêts à temps.

– Je n'en doute pas. Mais le service culturel de la mairie vient de m'appeler. La secrétaire qui s'occupe de la location du théâtre a commis une erreur. Une troupe se produit déjà le soir où vous deviez jouer.

Je suis consterné.

– Notre représentation est annulée ?

– Non, non ! Juste décalée.

– Elle est reportée à quelle date ?

– Le planning est complet jusqu'à la fin de l'année scolaire. La seule possibilité est d'avancer la représentation de quinze jours.

Le ciel me tombe sur la tête.

– On n'a plus que deux semaines ?

J'essaie d'oublier la répétition à laquelle je viens d'assister. Sans succès.

– On court à la cata, je balbutie.

– Vous y arriverez, affirme M. Boulet d'un ton rassurant. N'hésitez pas à venir me voir si vous rencontrez la moindre difficulté. Et je vous félicite pour votre travail sur le blog.

Je sors abasourdi du bureau.

Dans la poche de mon jean, mon portable vibre. Un SMS. Faustine. « Tu peu paC à lakoirium ? »

Enfin un rayon de soleil pour rehausser la couleur de cette journée. Un coup d'œil à ma montre m'apprend que je n'ai malheureusement pas le temps d'aller à « l'aquarium », local vitré au fond du CDI où Faustine et moi nous composons une grande partie des articles du blog. Moi au texte, elle à l'illustration.

En toute modestie, je crois bien avoir eu une idée de génie pour doper le blog. Il était jusqu'alors aussi intéressant à lire qu'une ordonnance médicale.

J'ai donné la parole à différents élèves en fonction de leurs passions.

Clément, toujours prêt à faire rire plutôt que de bosser mais accro aux jeux vidéo, rédige des critiques hilarantes sur les nouveautés.

Yves, qui a dû naître avec un ballon au pied mais sûrement pas avec un stylo, s'est mis à écrire des articles passionnés dans la rubrique sportive.

Tonio, qui a certes le coup de poing facile, mais est imbattable dans son domaine de prédilection, a proposé une rubrique « phare » – le jeu de mots est de lui – portant sur le tuning.

Le blog s'est brusquement ouvert à des catégories d'élèves improbables. Ce sont eux qui sont à l'origine de son succès. Je me contente de toiletter l'orthographe.

Dans un français qui aurait provoqué une crise cardiaque à Mme Elakan, je tapote : « Pa pocible on se voi 2m1.Tm. »

Faustine. Un vrai prénom d'héroïne de roman.

Originaire de Corse, elle ressemble à son île. Fière, impulsive, mystérieuse, elle est parfois aussi imprévisible qu'un coup de vent. La première fois que je l'ai vue, c'était en perm. Elle était au centre d'un attroupement, près du tableau, et c'est son rire clair et communicatif qui m'a attiré.

Une craie dans une main et un chiffon dans l'autre, elle caricaturait le professeur de sciences d'un trait vif et précis.

Les poils sortaient des oreilles et du nez du professeur comme des serpents. Un filet de bave à la commissure des lèvres se transformait en un torrent impétueux s'écoulant dans un tube à essai.

Le coup de foudre a été immédiat. Enfin, de mon côté.

C'est comme si je sentais battre mon cœur pour la première fois.

Je l'ai relancée à plusieurs reprises pour qu'elle illustre le blog du lycée, toutefois elle m'a snobée pendant des semaines. Elle semblait penser que je voulais la draguer. C'était le cas mais pas seulement.

Un matin, j'ai découvert une caricature posée en évidence sur le clavier de l'ordinateur de l'aquarium. J'étais vêtu d'une toge romaine, une couronne de lauriers autour de la tête, perché sur un piédestal de livres, des tas de filles aux allures de Cléopâtre se prosternant à mes pieds. Elle m'a fait beaucoup rire et je l'ai publiée sur le blog en l'intitulant : Arthur, vu par Faustine.

Je pousse la porte de l'amphithéâtre. Sur scène, Clothilde lance un « Je meurs ! » avant de tomber sur le sol et de convulser longuement. Quinze jours ! C'est loin d'être gagné !

BIENVENUE À CAMBROUSSE CITY !

La porte du bus se referme derrière moi, dans un soupir d'air comprimé. La nuit n'est pas encore tombée sur la campagne mais on sent bien que l'hiver s'est installé avec la ferme intention de ne pas se laisser déloger de sitôt. La pluie, qui s'abat presque sans interruption depuis une semaine, s'est calmée ce soir.

La température ne doit pas dépasser 2 °C et un froid humide s'insinue sous les vêtements. Presque un kilomètre à pied à travers champs. Les joies de la campagne selon ma mère ! À peine une dizaine de maisons clairsemées le long de la route. Difficile d'imaginer qu'on est seulement à une heure de Paris. Un visiteur de passage croirait volontiers qu'on est au fin fond du monde et je partage cet avis à cent pour cent !

C'est certainement dans un endroit comme celui-ci que l'expression « s'enterrer dans un trou perdu » est née.

Devant moi, deux garçons et une fille qui ont la « chance » eux aussi d'habiter loin des villes marchent d'un pas rapide. Dans la pénombre leurs silhouettes ressemblent à des zombies regagnant le cimetière.

Quand j'atteins enfin la maison, la nuit a presque étendu ses ailes sombres sur la cour commune. Inutile de s'attendre à des pavillons rectilignes comme ceux d'un lotissement.

Les maisons jouent à touche-touche, dans un ensemble peu harmonieux aux dimensions improbables, vieilles pierres à l'extérieur et poutres à l'intérieur. Les adultes appellent ces imperfections « avoir du caractère ». Une carcasse de voiture et une grange à moitié effondrée complètent l'ensemble.

Le sol boueux et pierreux n'est pas le seul danger qui guette mes baskets. Mais j'y vois encore assez pour éviter les « mines » malodorantes abandonnées par nos amis à quatre pattes – toujours les charmes de la campagne.

La télé est allumée dans le salon. Je monte rapidement dans ma chambre avant que ma mère ne se rende compte de ma présence.

Sinon, je devrai détailler ma journée comme s'il s'agissait d'une liste de courses. Elle a lu une tonne de bouquins sur la façon d'élever seule son enfant, plus dix mille autres qui prétendent qu'on doit parler avec son adolescent si on ne veut pas qu'il se transforme en un horrible geek hirsute et blafard. Maman veut être une mère parfaite et un père idéal. Sûrement pour combler l'absence de celui-ci, parti il y a des lustres sans laisser d'adresse.

Elle n'a pas à s'inquiéter. Je ne suis pas accro aux jeux vidéo. Faire joujou à des combats de guerre, c'est pas mon truc. Je préfère trucider des types en utilisant les mots comme arme. Et là, je suis plutôt bon.

Je m'affale sur mon lit. Sur le mur d'en face, pas de posters de chanteuse au corps de rêve comme dans les chambres de mes potes mais des étagères remplies de bouquins. Des Agatha Christie, des Gaston Leroux, des Conan Doyle, des Edgar Allan Poe et des Fred Vargas pour les plus récents. Et quelques exemplaires de mon livre. Le titre *Incertitudes mortelles* se découpe en lettres d'or sur la tranche. J'ai mis plus d'un an à l'écrire.

À chaque fois que Guillaume et Alexis, mes deux meilleurs potes, passent me voir, ils hallucinent devant tous ces livres et sont bien plus inquiets pour ma santé mentale que si je passais mes journées devant un écran.

J'attrape mon ordinateur portable et je vérifie que la batterie est chargée. Sur le palier, une échelle me conduit au grenier. C'est une pièce minuscule où ma mère ne va jamais. Je l'ai aménagée pour qu'elle me serve de lieu d'écriture.

Un vieux bureau, un fauteuil récupéré sur le trottoir et voilà pour le mobilier. Il n'y a pas d'électricité et la seule source de lumière que je m'autorise est celle de bougies, au grand dam de ma mère qui a peur que je mette le feu à la maison. L'ambiance est aussi sombre que celle de mes intrigues.

Je viens là deux à trois fois par semaine. Une petite fenêtre est le seul lien qui me relie au monde extérieur. Elle donne sur la maison d'à côté, dont nous sommes séparés par une sente étroite qui se perd dans les champs.

Je m'installe avec délectation à mon bureau. À tâtons, je trouve la boîte d'allumettes et j'allume une bougie. Rituel indispensable avant de mettre sous tension mon ordinateur et de taper mon texte.

Au menu, le prochain épisode de *Crime et bâtiment*. Je ne sais pas encore ce que je vais écrire, mais le personnage farfelu et imprévisible du plombier psychopathe m'inspire.

J'ai plus ou moins une heure – le temps que la bougie se consume – pour inventer un nouveau crime, un rebondissement et une chute qui ménage le suspense jusqu'au prochain épisode.

Je ne me rends pas compte du temps qui passe et la flamme vacille quelques minutes avant la fin du temps imparti. Je jette un coup d'œil à ma montre. Il est un peu plus de 20 h 30. Je redouble de rapidité pour taper les dernières phrases. J'appuie sur « envoyer » à la seconde précise où la bougie s'éteint. Ça y est. L'épisode est sur le blog du lycée. Faustine y ajoutera un ou deux dessins.

Je suis fatigué mais content. Avant de redescendre, je m'étire longuement devant la fenêtre qui dispense un peu de lumière.

Brusquement, le visage blafard et terrorisé d'une jeune femme se plaque contre le carreau de la fenêtre du voisin, juste en face de la mienne. Sous l'effet de la surprise, je bondis en arrière.

Les yeux agrandis par une peur panique, elle hurle, les mains appuyées contre le chambranle de la fenêtre. Elle ne peut pas me voir. Elle crie dans le vide. Un îlot de buée se forme devant sa bouche.

Puis deux mains gantées se nouent violemment autour de son cou et le serrent jusqu'à ce que le visage, pressé contre le carreau, devienne violacé. Je reste planté là, comme un légume, sans pouvoir bouger ou émettre le moindre son.

Je suffoque comme le jour où j'ai failli me noyer. Je porte ma main à ma gorge. J'ai peur de comprendre. *Je ne veux pas comprendre.*

Je recule d'un pas. Mon regard ne parvient pas à se détacher de la silhouette de l'assassin. Je le devine scrutant l'obscurité de mon grenier. Des frissons parcourent mon corps. Heureusement, mon repaire est plongé dans le noir.

L'homme va vouloir s'assurer que personne n'a assisté à la scène. Nos deux maisons sont presque collées et ma fenêtre a une vue plongeante sur la sienne. S'il y a un témoin, il ne peut être qu'ici.

Une voix me souffle de m'accroupir, mais je suis tétanisé, toujours incapable du moindre mouvement.

L'homme farfouille près de lui puis un cercle de lumière troue l'obscurité juste à côté de moi. Le faisceau d'une lampe torche ! Je pousse un cri et recule instinctivement.

Mon pied heurte un objet. Déséquilibré, je tombe en arrière sans pouvoir contrôler ma chute. Ma tête heurte le parquet et le choc m'assomme à moitié.

Le rai de lumière passe juste au-dessus de moi. Il s'en est fallu d'un cheveu pour que je sois épinglé par le cercle lumineux.

La lumière se déplace encore pendant quelques secondes qui me paraissent interminables. Puis l'obscurité recouvre tout.

Le souffle court, je reste un long moment par terre, avant de me relever. Une douleur lancinante me vrille le crâne.

Je grelotte. De peur. J'ai envie de vomir. Je dois aller chercher de l'aide. En frissonnant, je descends l'échelle, manque une marche et je dégringole les dernières. Puis je dévale les escaliers. Sans une pensée cohérente pour le diriger, mon corps ressemble à un pantin désarticulé.

Je réussis à prononcer :

– Maman ! Maman !

Ma voix doit contenir des accents de terreur car ma mère apparaît sur le seuil de la cuisine, le visage inquiet.

– Je viens de voir une femme se faire tuer chez le voisin !

Une lueur d'incrédulité s'allume dans les yeux de ma mère.

– Qu'est-ce que tu racontes ?

– J'étais dans le grenier. Je venais de finir d'écrire sur le blog du lycée et le visage d'une femme est apparu contre la vitre du voisin. Elle a été étranglée sous mes yeux !

– Tu es sûr de toi, Arthur ? La maison est inhabitée depuis plusieurs semaines, rétorque ma mère.

Je réagis au quart de tour.

– Ah non, tu as raison, j'ai peut-être confondu avec le reflet de la lune.

– Je suis désolée, murmure ma mère. Ce n'est pas ce que j'ai voulu dire. Tu as vu qui l'a étranglée ? Tu as reconnu cette femme ? Tu...

– Non, dis-je d'un ton impatient. Maman ! Pendant qu'on discute, il y a un assassin dans la maison d'à côté ! Appelle la police !

Tout en saisissant le téléphone, elle ne peut s'empêcher de demander :

– Tu es vraiment sûr...

Mon regard la dissuade d'achever sa question.

UNE SOIRÉE DÉTESTABLE

Il est 21 h 15 quand trois voitures de police se garent dans la cour commune. Les lueurs des gyrophares trouent la nuit de leurs éclairs bleutés. Arrivée discrète ! Six policiers descendent des voitures, mais sans agitation. Le froid est mordant. Je vais à leur rencontre, suivi de près par ma mère.

– Arthur Thaur ? s'étonne un homme corpulent.

Le commissaire Mantini, personnage à mi-chemin entre Maigret pour la pipe et Hercule Poirot pour la moustache, me dévisage d'un air surpris. Quand j'ai écrit mon polar, il a été super sympa. Il m'a tout de suite pris au sérieux et il m'a reçu plusieurs fois.

Il m'a fourni de nombreux détails pour que mon récit sonne juste. Je ne sais pas encore si je dois me réjouir que ce soit lui qui se soit déplacé. Ne va-t-il pas croire que je fabule ?

– Vous avez été témoin d'un meurtre ? intervient un des lieutenants, qui souffle dans ses mains pour se réchauffer. Ça s'est passé où exactement ?

Ma mère répond à ma place.

– Là-bas, dit-elle en désignant la maison du voisin.

Elle poursuit après un instant d'hésitation :

– Mais la maison est inhabitée.

Le commissaire se fige.

– Ah ! dit-il. C'est embêtant. Sans commission rogatoire, nous ne pourrons pas entrer.

Il extirpe une pipe de sa poche, la bourre de tabac puis l'allume.

Il tire une bouffée avec délectation tandis que ma mère resserre les pans de sa veste pour se protéger du froid.

Pendant que le commissaire observe les lieux, les gyrophares attirent les voisins comme la lumière les lucioles. J'entends les portes s'ouvrir et les voisins qui s'interpellent.

Il y a M. Caron, un agent immobilier. Sa silhouette est facilement identifiable. Il mesure plus de deux mètres et semble lui-même surpris par la taille de ses membres.

À ses côtés, j'aperçois M. Legal, comme toujours habillé d'un costume-cravate impeccable même à cette heure tardive. À croire qu'il dort avec ! Il roule dans le dernier modèle à la mode, ce qui n'est pas très difficile quand on est concessionnaire automobile.

Un peu en retrait, Gilles, dont la femme vient d'accoucher, observe la scène d'un air détaché. Engoncé dans un gros pull, il tire nonchalamment sur une cigarette. Après la naissance de leur bébé, Carine, sa femme, est souvent venue à la maison. Bien que ma mère ne soit pas médecin, Carine semblait penser que travailler dans un cabinet médical lui octroyait des connaissances qui l'aideraient à surmonter ses angoisses de jeune mère.

Un flash illumine la nuit. Je grimace. Cette soirée sera tout sauf discrète. Lilian, le voisin de droite, est un jeune journaliste qui écrit pour le canard local, *Nouvelles de la Brie*. Il ne sait pas ce qui se passe mais il flaire un article possible, peut-être même la une de son journal. S'il n'a pas encore le sujet, il possède la photo.

Tout ce petit monde est gentiment tenu à distance par les policiers qui attendent des instructions.

Le commissaire Mantini s'approche de moi, le visage impénétrable.

– Qu'avez-vous vu exactement ?

J'essaie d'être le plus clair possible. Et surtout convaincant. Le commissaire souffle un nuage de fumée en direction des étoiles.

– Vous me garantissez que tout ça n'a rien à voir avec un de vos livres ? lance-t-il d'un ton neutre.

– Vous pensez qu'Arthur vous a menti ? s'insurge ma mère.

– Je ne pense rien, madame. J'enquête.

Le commissaire s'approche de la porte de la maison vide.

– La serrure n'a pas été forcée, déclare-t-il, avant de sonner sous le regard courroucé de ma mère.

Je la connais par cœur. Elle se retient de lui rappeler qu'à part les fantômes, personne ne lui répondra. Et si le meurtrier n'a pas encore déguerpi du lieu de son crime, il y a peu de chances qu'il soit assez stupide pour venir nous accueillir !

Le commissaire se tourne vers un de ses hommes.

– Réveillez le juge Nibant et demandez-lui une commission rogatoire.

– J'ai la clé ! coupe une voix.

M. Caron s'avance. Au commissaire qu'il domine de plusieurs têtes, il explique :

– Je suis agent immobilier. La maison est en vente dans mon agence. J'ai un double des clés chez moi. Si vous voulez je peux vous ouvrir.

– Alors la paperasse n'est plus nécessaire, articule le commissaire d'un air satisfait. À quel endroit avez-vous vu cette femme se faire assassiner ? me demande-t-il, une fois la clé en sa possession.

Frigorifié, je pointe du doigt une fenêtre à l'étage. Mantini et deux de ses hommes s'engouffrent dans la maison. Deux autres enfilent des tenues blanches qui les couvrent totalement. Même sans les séries policières, j'aurais deviné qu'il s'agissait de la police scientifique. Une mallette métallique à la main, ils pénètrent à leur tour dans la demeure. Le dernier homme garde l'entrée.

Ma mère m'entoure les épaules d'un bras protecteur. La lumière des lampes torches éclaire bientôt la pièce puis le visage du commissaire apparaît à la fenêtre.

– Ils ont dû trouver le corps, murmure ma mère en me serrant un peu plus fort.

Malgré tout je grelotte. Mantini et ses hommes reviennent dix minutes plus tard. Tandis que ses lieutenants partent du côté de la sente qui mène jusqu'aux champs, le commissaire se dirige vers moi d'un pas lourd. Son ton est aussi froid que la température extérieure.

– Il n'y a rien. Pas de corps. Pas de trace de lutte ; rien qui laisse penser qu'il y a eu un affrontement.

– Vous avez fouillé toute la maison ? demande ma mère.

– Chaque pièce. Mes collègues de la scientifique effectuent des prélèvements dans la pièce où, d'après votre fils, la femme a été tuée. S'il y a des traces ADN, ils les trouveront.

– Le meurtrier a très bien pu déplacer le corps, dis-je abasourdi.

– C'est une théorie très intéressante, lance le commissaire. Vous me la détaillerez demain en venant déposer.

Le visage est impénétrable mais l'ironie de sa réplique cinglante. Il ne croit pas un mot de ce que j'ai raconté, c'est clair.

Les policiers qui étaient partis explorer les champs réapparaissent, bredouilles.

– Pas de corps et pas d'assassin, commente le plus grand en me dévisageant d'un regard sombre.

Je ne trouve rien à répliquer. Je sais que je dis la vérité.

LE COUPABLE IDÉAL

Ma mère essaie de me réconforter mais je déclare forfait. Je n'ai pas envie qu'on me remonte le moral et encore moins de manger. Assister à un meurtre m'a coupé l'appétit.

Je m'affale sur mon lit. Ce soir, je me suis ridiculisé. Un peu comme dans ce vieux film d'Hitchcock où un photographe, immobilisé par une jambe cassée, passe son temps à surveiller les appartements de l'immeuble d'en face. Il pense qu'un des locataires a tué sa femme et qu'il a déposé le corps dans une malle. La police ne trouve aucun indice de ce meurtre mais l'assassin, qui a compris qu'on l'observait, fait irruption chez le photographe avant d'être arrêté.

Je me redresse. Je n'ai aucune envie que l'assassin de l'inconnue débarque chez moi !

À qui est-ce que je pourrais me confier ? Guillaume ? Alexis ? Ils me croiraient, eux !

À Faustine ? Elle est de bon conseil. Elle me sidère par sa maturité. D'habitude, quand je pense à elle, je sens le goût de ses lèvres sur les miennes. Mais ce soir, mon cœur est engourdi, paralysé. Le visage de la femme contre la vitre estompe tous les autres.

J'attrape mon portable. L'écran affiche zéro barrette. Comme d'hab. J'ai laissé mon ordi dans le grenier mais je n'ai pas l'intention de remettre les pieds là-haut ce soir. Impossible pour l'instant de me connecter à MSN ou Facebook.

Je prends mon carnet pour noter mes idées. Ça m'arrive souvent avant d'entamer une histoire, quand je m'efforce d'organiser mes pensées. Ça me sera utile si je dois convaincre le commissaire de ma bonne foi.

Qui est cette femme ? Est-elle venue en compagnie du tueur ? Celui-ci a-t-il choisi le lieu du crime au hasard ou savait-il que la maison était inoccupée ? Peut-être s'est-il fait passer pour un acheteur potentiel afin de repérer les lieux ?

Je m'arrête net. Ce n'est pas le lieu idéal pour un meurtre. La maison est inhabitée mais elle n'est pas isolée. Malgré tout, je demanderai à Caron si un visiteur a eu un comportement suspect ou lui a posé des questions inhabituelles.

Un autre détail me gêne.

Je griffonne : *Comment le tueur est-il entré dans la maison ? S'est-il procuré une clé ?*

Je suçote le bout de mon crayon. Selon moi, il existe trois possibilités, que je note aussitôt :

1 . *Le propriétaire de la maison. Vérifier s'il a un alibi.*

Comment s'appelait-il déjà ? « Mi » quelque chose. Maximilien Midolin ! Je l'ai peu connu. Il travaillait dans le milieu artistique et ses horaires ne coïncidaient pas avec les nôtres. Sa maison est en vente depuis quelques mois.

2 . *M. Caron, l'agent immobilier. Il a reconnu de lui-même qu'il avait la clé, mais ça ne l'écarte pas pour autant de la liste des suspects. Ça aurait paru louche s'il n'en avait pas parlé et si la police l'avait appris par la suite.*

3 . *Un autre voisin. C'est courant de confier un double de ses clés, notamment pendant les vacances, pour nourrir un animal de compagnie, arroser les plantes, relever le courrier, cueillir les fruits du jardin, ou vérifier le bon fonctionnement du réfrigérateur ou du congélateur.*

J'écris en gras : ***Caron avait les clés ET est un voisin.***

Voilà qui le place en tête de liste des suspects. J'aimerais bien connaître son emploi du temps à l'heure du crime. Une autre question me taraude. Je la note tout en réfléchissant.

Où le meurtrier a-t-il déposé le corps ? Dans sa maison ? Ou dans le coffre de sa voiture !

Je mâchouille le bout de mon crayon. Lilian a une Twingo. Pas terrible pour planquer un corps. Par contre Legal a une grosse Mercedes, l'agent immobilier une fourgonnette et Gilles, le jeune père, une berline allemande. Quant à notre voisin de droite, Ange Defoix, un ancien militaire aussi engageant qu'un missile, il possède une vieille voiture qui a comme caractéristique de ne pas démarrer l'hiver. C'est le seul à ne pas être sorti dans la cour.

J'ai l'impression de jouer une partie de Cluedo, mais contrairement au jeu, je connais déjà le lieu du crime et la façon dont la victime a été assassinée. Je griffonne le nom de mon suspect idéal :

M. Caron. Vu son gabarit, il n'aurait pas eu de mal à étrangler une fille et à la transporter dans sa voiture.

Pensif, je referme le carnet. Les images du visage collé à la fenêtre me donnent à nouveau la nausée.

La nuit promet d'être interminable. Je mets des heures à glisser dans un sommeil agité.

UNE DISCUSSION INSTRUCTIVE

Celui qui a prétendu que la nuit portait conseil a dit là une belle idiotie. J'ai passé une nuit épouvantable à faire cauchemar sur cauchemar. Le visage de cette femme a hanté mes rêves. Quand je me lève, ma mère est déjà partie travailler. Elle est secrétaire médicale dans un cabinet près de mon lycée.

Elle m'a laissé un mot, sur la table de la cuisine.

Mon chéri, je suis convaincue que tu as dit la vérité. Appelle-moi quand tu auras un moment.

Ta maman qui t'aime

J'esquisse un sourire. C'est ma mère tout craché. Une mère poule. Je parie que si je ne l'appelle pas, mon téléphone sera saturé de ses SMS !

Comme chaque matin, elle a pris soin de préparer pour son fils unique chéri un petit-déjeuner pantagruélique. J'ai le choix entre des céréales, un verre de jus d'oranges, oranges qu'elle a pressées elle-même, et des tartines de pain grillé. Plus un assortiment de confitures, miel et Nutella.

Je ne touche à rien.

Je n'ai pas d'appétit.

Une douche brûlante apaise un peu mes angoisses. Le reflet de mon visage dans le miroir de la salle de bain m'effraie. J'ai une tête de déterré et j'ai le pressentiment que cette journée n'arrangera rien.

J'attrape mon sac à dos, y fourre deux ou trois bouquins pour les cours de la journée et me dirige vers l'arrêt de bus.

Une pluie froide s'abat sur moi. Je remonte le col de mon blouson en frissonnant. Je tourne volontairement la tête pour ne pas apercevoir la maison du voisin. Sa simple vue me donne des haut-le-cœur.

Je suis à mi-chemin quand une voiture s'arrête à ma hauteur. *Une camionnette*, précise une alarme, dans un recoin de mon cerveau. La vitre côté passager s'abaisse.

– Il m'avait bien semblé te reconnaître ! lance M. Caron d'un ton faussement enjoué. Il fait un temps de chien. Je passe devant ton lycée, je te dépose si tu veux.

Je me penche légèrement. M. Caron a le crâne coincé contre le toit et ses jambes touchent le volant. Une image s'impose : celle d'un requin qu'on aurait voulu enfermer dans une boîte à sardines.

S'il ne pleuvait pas et si je ne pensais pas que l'homme en face de moi pouvait être un meurtrier, ça m'aurait sans doute fait rire.

Je ne peux m'empêcher de jeter un coup d'œil du côté du coffre. Il est vide.

– Monte ! insiste M. Caron.

C'est la première fois qu'il me propose de m'accompagner au lycée et je ne vois que deux raisons à cette soudaine sollicitude. C'est bien le meurtrier et il se demande si je peux l'identifier. Ou il n'est pour rien dans ce crime et il veut parler de la soirée d'hier.

La pluie froide qui s'insinue dans le col de mon blouson a raison de mes tergiversations. Tout en restant sur mes gardes, je m'assois sur le siège passager.

Après un silence embarrassé, M. Caron entame la conversation.

– Drôle d'animation, hier soir !

– Hum hum.

Je n'ai aucune intention de lui faciliter la tâche.

M. Caron me jette un coup d'œil furtif.

– Tu as vraiment vu... je veux dire... Ce n'était pas une plaisanterie de ta part, n'est-ce pas ?

– Pourquoi, vous trouvez ça drôle ? je demande.

– Heu... non, répond-il désarçonné. C'est que si un crime a eu lieu dans une maison que je vends, je dois le signaler aux acheteurs éventuels et cela risque de les dissuader de faire une offre.

C'est donc ça. Monsieur l'agent immobilier s'inquiète pour son business.

– Alors prévenez-les, dis-je sans ménagement, qu'un type y a froidement étranglé une femme.

Un long silence s'installe, seulement troublé par le couinement des essuie-glaces et le bruit de la pluie.

– Je suis allé faire un tour dans la maison ce matin, lance brusquement mon voisin. Quand le propriétaire a déménagé, il a laissé deux ou trois bricoles dont un vieux tapis dans le salon. Il n'y est plus.

Je n'ai pas besoin de l'entendre pour deviner ce qu'il pense : la femme morte a été placée dans le tapis pour être transportée hors de la maison.

Tout en tenant le volant d'une main, M. Caron sort une photo de sa poche et me la tend.

– Je me suis dit que je faisais peut-être erreur, alors j'ai vérifié sur le site internet de l'agence. Je l'ai imprimée ce matin.

J'examine la photo. Dans une pièce aux murs nus, face à une cheminée, un horrible tapis multicolore est étendu sur le sol. Je comprends pourquoi le propriétaire ne l'a pas emporté !

– Vous avez prévenu la police ? je questionne.

M. Caron a un hoquet de surprise.

– Pour la disparition d'un tapis ? Non, sûrement pas !

Je profite de l'occasion pour tenter de répondre à certaines des questions notées dans mon carnet.

– Est-ce que le propriétaire de la maison habite toujours dans la région ?

– Pas vraiment ! Il s'est expatrié à l'étranger.

Voilà qui réduit ma liste de suspects.

– Vous savez si quelqu'un a un double des clés ?

– Tu demandes ça parce qu'il n'y a pas eu d'effraction, hein ? répond M. Caron en me jetant un bref coup d'œil. J'y ai déjà réfléchi, figure-toi. Monsieur Midolin m'a laissé deux jeux de clés. J'en ai un chez moi et un à l'agence. À ma connaissance, il n'y en a pas d'autres.

Il pleut toujours lorsqu'il me lâche devant le lycée. Il baisse la vitre quand je claque la portière.

– Tu ne sais vraiment pas qui a tué cette pauvre fille ?

UNE FARCE DE MAUVAIS GOÛT ?

Faustine est dans le hall, entourée de quelques copines. Dès qu'elle m'aperçoit, un sourire illumine son visage, encadré par de jolis cheveux bruns. Elle se détache du groupe. Elle m'attrape par le cou et dépose un baiser sur mes lèvres.

– Tu m'as manqué, dit-elle.

Elle fronce le nez, ce qui lui donne un air mutin. D'habitude je craque mais là, je n'ai pas le cœur à batifoler.

– Oh là là ! C'est quoi cette tête ? Qu'est-ce qui se passe ? s'inquiète-t-elle.

Je l'entraîne à l'écart. Je lâche :

– Hier soir, j'ai vu une femme se faire tuer.

Je frissonne de dégoût.

– Son visage s'est plaqué contre la vitre de la maison d'en face. Elle était terrorisée. Je n'ai pas eu le temps de réagir. Il l'a étranglée.

Le sourire de Faustine s'est décomposé au fur et à mesure de mon récit. Si elle a hésité à me croire dans les premières secondes, son regard rempli d'horreur ne laisse désormais plus aucune place au doute. Elle m'attire contre elle et me serre avec force pour me réconforter. Puis elle redevient la Faustine mature à l'efficacité redoutable.

– Tu en as parlé à ta mère ? Tu as prévenu la police ? Tu as vu l'assassin ?

La sonnerie de début de cours retentit. Faustine m'entraîne sous la pluie sur « le chemin des forçats ». Il mène à la sortie du lycée sans passer par l'entrée principale où un surveillant ne manquerait pas de nous intercepter.

Ceux qu'on surprend à emprunter ce « chemin » pour sécher les cours sont convoqués dans le bureau du proviseur. La sentence – toujours la même – tombe comme un couperet : une à deux heures de colle, selon qu'on est ou non récidiviste.

Les habitués de cette peine ont donc baptisé ce passage – non sans humour – le chemin des forçats, surnom né de l'association improbable entre le nom du proviseur – Boulet – et les anciens bagnards qui en traînaient un.

Quand je pousse la porte du café qui est le refuge le plus proche et le plus recherché des lycéens, Faustine et moi sommes trempés jusqu'aux os. Un comble pour nous qui séchons les cours !

Une bouffée de chaleur me tombe sur les épaules tandis qu'une odeur de chien mouillé me saisit à la gorge. Le patron du bar n'a pas lésiné sur le chauffage, sans doute pour encourager les clients à consommer (une quinzaine pour l'heure).

Je reconnais quelques lycéens assis autour d'une table. Certains nous jettent un coup d'œil appuyé. Faustine est plus concernée que moi – elle serait habillée d'un sac à patates que sa beauté irradierait encore.

Un peu plus loin, des jeunes jouent bruyamment au flipper.

Le patron est un passionné de ces machines et il en a restauré quatre qu'il a installées dans l'arrière-salle. Sans doute lui rappellent-elles sa jeunesse.

Sans surprise, je reconnais Tonio, le petit ami de Clothilde, parmi les joueurs. Il ne fréquente que vaguement le lycée.

– Suis-moi !

Faustine commande deux jus d'orange et m'entraîne à une table du fond.

– Raconte-moi tout en détail, ordonne-t-elle avec autorité.

Ses cheveux mouillés et les gouttes qui perlent sur son visage me donnent une brusque envie de la prendre dans mes bras pour la réchauffer. Je lui raconte le déroulement de la soirée.

– C'est carrément dingue ! On dirait un scénario à la Hitchcock !

– Je me suis fait la même réflexion et vu la tête qu'avait le commissaire en sortant de la maison, il partageait lui aussi cet avis. Ma théorie du corps déplacé lui a beaucoup plu !

Faustine fronce les sourcils.

– Et si c'était une mauvaise farce ?

– Explique.

– Tout le monde sait que tu as écrit un polar. On a peut-être voulu se moquer de toi. Après tout, tu n'as pas vu le visage du tueur. Est-ce que ça ne pourrait pas être une simple mise en scène ? D'autant que tu m'as dit que ta fenêtre est la seule à donner sur celle de ton voisin. Personne d'autre ne pouvait assister à cette scène. Ton agent immobilier n'a pas un fils ou une fille qui t'en voudrait ?

Je réponds d'une voix froide :

– Il n'a qu'un fils qui vit à l'étranger et je t'assure que la femme ne jouait pas la comédie ! Mais peut-être que je suis un gros mytho !

Devant mon air renfrogné, Faustine bat prudemment en retraite.

– C'était juste pour explorer toutes les pistes, OK ? Quand est-ce que tu vas voir le commissaire ?

Je jette un coup d'œil à ma montre.

– Quitte à sécher les cours, je pourrais y aller maintenant, je réponds d'un ton distant.

Faustine se colle contre moi et chuchote à mon oreille :

– Ne fais pas cette tête-là. Je te crois, d'accord ?

Je ne sais pas résister à Faustine. Un baiser furtif suffit à balayer ma mauvaise humeur.

– Je t'accompagne au commissariat, ajoute-t-elle en se levant.

DÉPOSITION

La pluie a cessé et le commissariat est à une vingtaine de minutes à pied. Je suis tendu comme un ressort à l'idée de raconter une nouvelle fois mon histoire. Faustine, qui sent mon malaise, me serre la main en signe de soutien.

Les quatre chaises dépareillées de la salle d'attente aux murs défraîchis sont vides.

– C'est pour quoi ? demande le jeune planton couvert d'acné qui, assis derrière un comptoir, ressemble davantage au caissier d'une banque qu'à un policier.

– Je m'appelle Arthur Thaur. Je viens voir le commissaire Mantini.

– C'est à quel sujet ?

– C'est lui qui m'a demandé de venir, j'explique d'un ton sec, peu enclin à donner des détails.

Le planton hoche la tête et décroche le téléphone.

– Vous grimpez l'escalier juste en face de vous puis deuxième porte à gauche, précise-t-il en raccrochant. Il vous attend.

Le commissaire est assis derrière son bureau. Ma visite n'a pas l'air de le réjouir. Je devance la question qu'il ne va pas manquer de me poser.

– Faustine, mon amie.

Il pousse un grognement, sans doute en signe de bienvenue.

– Asseyez-vous, ordonne-t-il en désignant les deux chaises placées en face de lui.

Il m'observe, le regard froid.

– Vous maintenez votre déclaration d'hier soir ? demande-t-il sans ambages.

– Dans les moindres détails, je réplique d'un air de défi.

– Alors reprenez depuis le début, poursuit le commissaire en se tournant vers le clavier de son ordinateur.

Faustine m'encourage d'un mouvement de tête. Je m'exécute en essayant d'être le plus clair possible.

– Vous pouvez me décrire cette femme ? interrompt le commissaire.

Je grimace de dégoût. Ce n'est pas mon meilleur souvenir.

– Elle... elle avait les cheveux longs, bruns.

– Quel âge ?
– Heu… La trentaine.
– Un signe distinctif ?
– Se faire étrangler, c'en est un ?

Devant les regards réprobateurs du commissaire et de Faustine, je regrette aussitôt ce sarcasme de mauvais goût.

– Hum… Je suis désolé. C'est juste que je ne l'ai aperçue qu'une poignée de secondes dans des circonstances plutôt affreuses.

– Vous êtes le seul à l'avoir vue, susurre le commissaire en posant son menton sur ses deux mains croisées, les coudes sur son bureau.

– Nous y voilà ! dis-je d'un ton amer. Vous ne me croyez pas.

– Arthur n'est pas un menteur ! lance Faustine avec conviction.

Sans répondre, le commissaire attrape un livre sur une étagère. Je n'ai pas de mal à le reconnaître. C'est un exemplaire de mon roman policier que je lui ai dédicacé en remerciement de ses conseils techniques. Je sais déjà quel passage il va lire.

– Dans votre biographie à la fin de votre roman, n'est-ce pas vous qui avez écrit, je cite : « Les écrivains sont les plus grands des menteurs » ? demande-t-il en me fixant.

Je me révolte :

– La citation est incomplète !

Je récite :

– « Les écrivains sont les plus grands des menteurs car ils doivent faire croire à leurs lecteurs des choses improbables, voire impossibles. » Je parlais d'écriture, d'imagination. Pas de la vie réelle.

– Mais vous êtes le seul à avoir vu cette femme se faire tuer et il n'y avait pas de corps à l'endroit que vous nous avez indiqué, martèle le commissaire.

– Un corps, ça se déplace ! je m'insurge.

– Nous avons fouillé la maison et les alentours, rétorque le commissaire.

– Parle-lui du tapis, coupe Faustine.

Le commissaire se recule dans son fauteuil.

– Il y a quelque chose que j'ignore ? demande-t-il en se grattant le crâne.

– L'agent immobilier a constaté la disparition d'un tapis dans la maison.

– Rien que ça, ironise le commissaire. Tapis qui a servi, bien entendu, à transporter le corps de la victime !

– Alors vous n'allez rien faire ! proteste Faustine.

Mantini se penche vers nous et articule d'un ton froid :

– J'ai beau ne pas croire à votre histoire, j'ai mené mon enquête. Personne n'a signalé la disparition d'une jeune femme dans les environs.

D'autre part, vos voisins sont inconnus de nos services, ils ne possèdent pas de casier judiciaire. Les plus graves infractions relevées sont un excès de vitesse pour l'un et une contravention pour mauvais stationnement pour un autre. En l'absence de victime, je dois patienter jusqu'à ce que les prélèvements effectués soient analysés.

– Donc entre-temps il n'y aura pas d'enquête ? se désole Faustine.

Le commissaire pousse un soupir exaspéré.

– Je connais mon métier, mademoiselle. Mes hommes interrogeront tous les voisins d'Arthur pour savoir s'ils ont noté quelque chose d'inhabituel et pour vérifier leur alibi. De plus nos spécialistes ont examiné la serrure. Elle n'a pas été crochetée. Si une personne a pénétré dans la maison, elle avait une clé.

– C'est monsieur Caron qui possède les deux jeux de clés de la maison. Il me l'a dit lui-même.

– Je lui poserai malgré tout la question, comme à chacun de vos voisins, conclut le commissaire. Quand j'aurai de nouveaux éléments, je vous ferai signe.

ATELIER D'ÉCRITURE

Quand nous sortons du commissariat, je suis découragé et Faustine ne sait comment me remonter le moral. Les dernières paroles du commissaire résonnent encore dans mon esprit.

Mon portable vibre. Je l'extirpe de la poche de mon jean. Un message. Ma mère, qui veut savoir comment je vais. Je pianote une réponse enthousiaste en omettant les cours séchés et ma visite au commissariat.

À peine le SMS envoyé, un nouveau message. Cette fois-ci, c'est Guillaume. « T paC ou ? » Suivi d'un troisième message, d'Alexis. Ils se sont donné le mot, bien sûr. « Biz à Faustine !!!!!! »

– Les boulets ! lance Faustine, en secouant la tête d'un air faussement désespéré.

Nouveau message de Guillaume. « T fans en délire tatende ! »

– Merde !

– Qu'est-ce qu'il y a ?

– J'ai oublié mon atelier d'écriture !

– Hum... Celui où il n'y a que des jolies filles qui boivent tes paroles comme si tu étais un prophète ? s'écrie Faustine, une pointe de jalousie dans la voix.

– T'es bête ! dis-je en rougissant.

Devant les grilles du lycée, elle m'enlace et m'accorde un baiser torride.

– Maintenant, je suis sûre que tu ne m'oublieras pas ! déclare-t-elle en m'adressant un signe de la main.

Je file au CDI. Faustine a raison. Une dizaine de filles patientent. Elles s'extasient devant mon manuscrit que j'ai déposé à la demande de Mlle Avril, la documentaliste. J'y ai ajouté le synopsis ainsi que les différentes réécritures et les corrections demandées par mon éditrice.

Pour ceux qui, comme moi, s'imaginaient qu'il suffit de s'asseoir à une table, de pianoter sur son ordi et d'écrire d'une traite son bouquin de la première à la dernière pages, c'est toujours une surprise de se rendre compte qu'il existe de nombreuses étapes de retravail.

Mlle Avril a mis en scène tous ces documents pour organiser une exposition intitulée *Les coulisses de l'écriture*. Bientôt, c'est sûr, j'aurai mon musée !

– On écrit sur quel thème ? minaude une des filles.

Elle me prend de court. Je n'ai eu ni le temps ni l'envie de préparer mon atelier. Sans trop réfléchir, je lance :

– Imaginez que votre voisin est un tueur.

Je regrette aussitôt ma proposition. Ce n'est pas de très bon goût.

– Super ! s'exclame Katherine, une élève de seconde. J'ai un voisin trop glauque. Il se planque derrière ses carreaux pour espionner nos allées et venues.

– Et comment fait-on quand on n'a pas de voisin ? demande une autre, perplexe. J'habite un trou paumé et la maison la plus proche est à cinq cents mètres !

– Ben tu en inventes un ! rétorque Alexandra en levant les yeux au ciel. Tu sais, ça s'appelle l'imagination !

– Et comme dirait Arthur, enchaîne une fille que je soupçonne d'être amoureuse de moi, « Écrire, c'est mentir vrai » !

Je me rembrunis. Cette formule, empruntée au poète Aragon, me poursuit.

Pendant que les « aspirantes écrivaines » gribouillent des feuilles de papier, je laisse mon esprit vagabonder. Où est donc le corps de cette femme ? Si on ne le retrouve pas, personne ne me croira.

Quand je rejoins Guillaume et Alexis près de l'entrée du bâtiment principal un peu plus tard, je suis toujours plongé dans mes réflexions.

– Hou là mon pote ! T'as l'air épuisé ! T'as fait quoi de ta matinée ? lance Guillaume d'un ton chargé de sous-entendus.

– Et de ta nuit ! renchérit Alexis. Moi j'ai bossé jusqu'à une heure du mat pour le bilan d'histoire.

– Quel bilan ? je demande.

– Vivre d'amour et d'eau fraîche, quel bonheur ! soupire Alexis. Ne plus penser aux études ni à sa moyenne. Quel pied !

– On avait juste une quinzaine de chapitres à connaître sur le bout des doigts pour cet après-midi, précise Guillaume.

– Je crois plutôt qu'il avait autre chose au bout des doigts ! susurre Alexis d'un ton goguenard.

– Si ta chérie ne t'a pas complètement fait perdre les pédales, tu te rappelles qu'on répète ta pièce, tout à l'heure ?

Non, je ne m'en souviens pas et ça doit se voir à mon air ahuri.

– Il ne se le rappelle plus ! jubile Alexis.

– Tu connais encore ton prénom et le nôtre ? s'inquiète faussement Guillaume. Sa Faustine lui a tourné la tête !

– Toujours aussi lourds, les mecs !

Je n'ai pas le temps de leur raconter ce qui s'est passé la veille. Je trouverai un moment plus propice.

Autant dire que, l'heure suivante, je n'ai pas la tête au bilan d'histoire. La même question tourne en boucle dans mon esprit : qu'est devenu le corps ?

– Eh bien Arthur ! Tu es atteint par le syndrome de la page blanche ?

Je sursaute. Le prof s'est immobilisé à côté de moi. Je mets quelques secondes avant de comprendre sa plaisanterie. J'ai juste écrit mon nom sur la copie.

– Je ne me sens pas très bien, m'sieur.

– Tu veux aller à l'infirmerie ?

– Non, non, ça va passer.

J'ai surtout envie qu'on me fiche la paix.

Les heures s'étirent interminablement.

En fin d'après-midi, je file avec Guillaume et Alexis jusqu'à l'amphithéâtre. Une surprise m'attend. Tonio, le copain de Clothilde, s'est invité à la répèt.

– Ça ne te dérange pas que je sois là ? demande-t-il affalé dans un fauteuil, les pieds sur le dossier du siège de devant.

– Heu… non.

Difficile de refuser quelque chose à une personne capable de vous briser les os simplement en vous serrant la main pour vous dire bonjour. Guillaume me donne un grand coup de coude dans les côtes.

– Tu connais la différence entre un caniche et un pit-bull ? murmure-t-il.

Non évidemment. C'est pour cette raison que ce genre de blague est drôle.

– Quand un pit-bull te fait pipi dessus, tu le laisses terminer !

J'esquisse un sourire. Tonio en pit-bull. Je ne crois pas qu'il apprécierait la comparaison ! Je me concentre sur la répétition. Le jeu des comédiens est médiocre mais je n'ai ni le cœur ni l'énergie de les reprendre.

LA GRANGE

À peine descendu du car, mon portable vibre. Un SMS de Faustine. « Tm. »

Tout en marchant rapidement jusqu'à la maison, je lui réponds avant de ne plus avoir de réseau : « Moi aussi. »

Un vent glacial m'invite à presser le pas. En entrant dans la cour commune, je m'immobilise, la gorge nouée.

La grange. Comment n'y ai-je pas pensé plus tôt ? Elle est plantée là comme une verrue disgracieuse, accessible au premier venu. Elle appartient officiellement à Ange Defoix mais comme elle ne lui est d'aucune utilité, chacun l'utilise pour entreposer les objets encombrants.

Quel meilleur endroit pour cacher un corps ?

Je jette un coup d'œil autour de moi. La cour est déserte. Il y a de la lumière chez Lilian et chez le jeune couple. Les volets de Defoix sont déjà fermés. Quand je pousse le battant de la porte, ma main tremble légèrement et je ne crois pas que le froid en soit la seule cause.

Une odeur d'humidité, d'huile et de ferraille chatouille mes narines. Je laisse mes yeux s'habituer à la semi-obscurité qui règne. La dernière fois que je suis entré là, c'était il y a quelques semaines, pour déposer un vieux fauteuil. Depuis, d'autres objets sont venus compléter cet incroyable capharnaüm. Un lave-linge sûrement en panne, un canapé, des poutres...

Les pulsations de mon cœur augmentent sans que je puisse le contrôler. Si mon intuition est juste, je risque de tomber sur un cadavre enroulé dans un tapis. Pas vraiment glamour.

Je m'immobilise. Mon œil est attiré par quelques fibres de couleur accrochées à un tisonnier qui dépasse dangereusement d'un fatras d'objets. Je n'y aurais pas prêté attention si je n'avais pas vu la photo de l'agent immobilier. Je m'approche. Ce sont bien les couleurs du tapis.

J'essaie de reconstituer le déroulement des événements. Entre le moment où j'ai été témoin du meurtre et celui où la police est arrivée, l'assassin a apporté le corps ici. Puis quand Mantini et ses hommes sont repartis, il est revenu le chercher pour s'en débarrasser.

Quelle ironie ! Pendant que le commissaire fouillait la maison, le corps attendait sagement à quelques mètres. Sacré sang-froid du meurtrier. Pour l'instant, sa seule erreur, c'est moi.

Je m'apprête à ressortir quand la porte de la grange s'ouvre.

Une silhouette se profile dans l'encadrement. L'adrénaline envahit mon corps comme une décharge électrique. Affolé, je cherche du regard une cachette ou un objet qui pourrait me servir d'arme. Puis une voix lance :

– Arthur ?

La tension retombe d'un coup. C'est Lilian, mon voisin et journaliste.

– Je suis là !

– J'étais dans ma cuisine quand je t'ai aperçu, dit Lilian en s'avançant. Qu'est-ce que tu fiches ici ?

– Je voulais vérifier une intuition.

– Un nouveau meurtre ? plaisante-t-il.

Mon visage se ferme. L'humour à la Mantini, j'ai donné.

– Je suis désolé, s'excuse Lilian. Je ne voulais pas te vexer.

– On sort, tu veux bien ?

La nuit est tombée. Les lumières des maisons projettent un peu de clarté dans la cour.

– Je ne voulais pas me moquer, reprend Lilian. Bien au contraire. En tant que journaliste, cette histoire m'intéresse, tu t'en doutes.

J'ai contacté le commissaire Mantini ; il est persuadé que c'est un coup de pub de ta part...

– Que proposes-tu ?

– Un deal. On mène l'enquête ensemble et quand on aura trouvé l'assassin, tu m'accorderas l'exclusivité. J'ai écrit un article sur ce qui s'est passé hier. Peut-être que quelqu'un signalera la disparition d'une jeune femme.

Un allié pour m'épauler. Je n'en espérais pas tant.

– Tu ne m'as toujours pas dit ce que tu fichais ici, poursuit Lilian, en désignant la grange d'un mouvement de tête.

– C'était un bon endroit pour cacher le corps. J'ai voulu vérifier.

Je ne lui parle pas des fibres du tapis. J'ai eu ma dose de sarcasmes pour aujourd'hui.

– On se retrouve demain, conclut Lilian d'un ton qui ne souffre aucune contradiction. Tu me raconteras en détail ce que tu as vu. Ensuite, on interrogera les voisins pour établir leur emploi du temps au moment du crime, et je n'oublierai pas de harceler Mantini au sujet des résultats des analyses.

Une fois rentré chez moi, je marque un temps d'arrêt devant l'escalier qui mène au grenier en me rappelant le visage de la femme collé contre la fenêtre. Je n'hésite pas longtemps. J'ai besoin de mettre mes pensées en ordre.

La meilleure méthode que je connaisse, c'est l'écriture. J'allume une bougie puis, après avoir mis en service mon ordinateur, je frappe les touches de mon clavier, lentement au début puis de plus en plus vite.

— Tu n'ouvres pas les yeux, d'accord ? lança l'homme à sa compagne qui, obéissante mais frigorifiée, serrait les pans de son manteau contre elle.

Celle-ci émit un petit rire cristallin.

— Tu es bien mystérieux ! s'amusa-t-elle, les yeux toujours fermés. Tu as préparé un dîner aux chandelles ?

Sans répondre, l'homme tourna la clé dans la serrure. Il jeta un coup d'œil inquiet autour de lui. Il faisait nuit et la cour, en dépit des lumières des maisons, était plongée dans l'obscurité.

Il pensait avoir tout prévu dans les moindres détails. La femme et lui portaient des gants, elle parce que la température était hivernale, lui pour ne laisser aucune empreinte.

— Je peux ouvrir les yeux ? demanda-t-elle.

— Pas encore, répondit-il en refermant la porte derrière eux.

Il se demanda s'il allait être capable de la tuer comme il l'avait planifié. Si ses mains n'allaient pas se dérober à l'instant fatal.

Il attrapa maladroitement le cou de la jeune femme.

— À quoi joues-tu ? s'inquiéta-t-elle en se dégageant d'un mouvement sec.

Les yeux enfin ouverts, elle cherchait à percer l'obscurité, désorientée. Une peur panique la gagnait.

— Où sommes-nous ? cria-t-elle en se déplaçant à tâtons.

— Je suis désolé, prononça l'homme d'une voix sincère.

La femme comprit instantanément ce qui allait se passer.

— Ne fais pas ça, gémit-elle en avançant à l'aveuglette, se cognant contre les murs.

— Reste ici ! grogna l'homme.

Elle sentit la main de son agresseur frôler son épaule. Elle se dégagea à temps et s'enfuit droit devant elle.

— Au secours ! hurla-t-elle.

Ses yeux s'étaient habitués à l'obscurité mais elle buta contre un obstacle au fond du couloir. Elle s'effondra sur les premières marches d'un escalier et poussa un cri de douleur. Derrière elle, son poursuivant avait allumé une lampe torche et se déplaçait rapidement. La femme se releva au moment où il se jetait sur elle. Elle perdit une de ses chaussures mais elle lui échappa encore une fois et, malgré la douleur qui lui vrillait la jambe, elle grimpa les marches et déboula dans une petite pièce vide. Elle aperçut une fenêtre sans volet. Elle se précipita pour l'ouvrir et appeler au secours.

Mais l'homme la rejoignit avant qu'elle puisse agir. Son visage terrorisé s'écrasa contre le carreau. Les yeux agrandis par une peur panique, elle hurla, tandis que les mains gantées de son compagnon se nouaient violemment autour de son cou et le serraient jusqu'à ce que son visage devienne violacé.

L'homme était en sueur. Il tremblait pourtant il trouva l'énergie de s'assurer que personne n'avait assisté à son forfait. Il chercha à tâtons sa lampe torche qu'il avait laissé tomber, en dirigea le faisceau vers la maison de ses voisins. Une seule fenêtre — probablement celle d'un grenier — donnait ici.

Pendant de longues minutes, il fouilla l'obscurité. Il lui avait semblé apercevoir une ombre mais celle-ci avait aussitôt disparu. Il finit par éteindre la lampe, persuadé qu'il n'y avait pas de témoin.

Je relis les quelques lignes que je viens de taper. Si je n'ai aucune assurance que les événements se soient déroulés de cette façon, c'est assez plausible.

Je me connecte sur MSN en évitant de regarder vers la fenêtre. Instantanément, je partage une discussion avec Guillaume et Alexis.

– *Demain après les cours, on se retrouve au café ?* je propose. *J'ai un truc à vous raconter.*

– *Faustine sera là ? Tu veux qu'on tienne la chandelle ?* répond Guillaume, certainement hilare derrière son écran.

– *Bouffon ! Faustine accompagne sa mère à Paris pour trouver un cadeau d'anniversaire à son père.*

– *Sois poli !* s'offusque Alexis.

Je poursuis la discussion encore quelques minutes puis je me déconnecte. Je souffle sur la flamme de la bougie et je descends me coucher.

PREMIERS INTERROGATOIRES

Attablés autour d'un sandwich et d'un Coca dans un café un peu excentré – je n'ai pas envie de rencontrer des gens que je connais – Guillaume et Alexis attendent dans un silence embarrassé. Sur la table, j'aperçois un exemplaire des *Nouvelles de la Brie*, sagement plié.

– Y a ta tronche en première page, fait Alexis qui a croisé mon regard. T'es drôlement photogénique.

– Un vrai cachottier, ajoute Guillaume. Romancier et lycéen le jour, témoin d'un meurtre la nuit.

Il attrape le journal et, d'un ton faussement journalistique, lit l'article.

– « Dans la nuit de lundi à mardi, Arthur Thaur, notre talentueux écrivain d'un polar remarqué et remarquable... »

– Ouh les chevilles ! se moque Alexis.
Je lève les yeux au ciel.
– « ... a assisté à l'assassinat d'une jeune femme, poursuit Guillaume, imperturbable. Cela aurait pu être un fait divers sordide parmi d'autres, seulement, à l'arrivée du commissaire Mantini alerté par le jeune homme, le corps avait disparu. »
Guillaume interrompt sa lecture et s'adresse à Alexis comme s'il s'agissait de moi.
– Enfin Arthur, quelle substance illicite aviez-vous consommée ce soir-là ?
– J'sais plus vraiment, bafouille Alexis-Arthur, mais j'ai très bien vu le corps disparaître dans le rayon lumineux de cette soucoupe volante qui stationnait au-dessus de la maison.
– Une soucoupe volante ?
– Oui Guillaume ! Et vu la vitesse à laquelle elle a disparu, je suis certain qu'elle a été flashée par un radar !
– C'est bon les gars, arrêtez votre numéro, je supplie d'un air désespéré.
Un sourire amusé sur les lèvres, Guillaume reprend sa lecture.
– « La police recherche une jeune femme qui aurait disparu dans la région. Si vous possédez des renseignements, n'hésitez pas à contacter le commissaire Mantini. »

– Il n'y a qu'à toi qu'il arrive des trucs pareils, souligne Alexis, redevenu sérieux. Tu as vu le tueur ?

Je fais non de la tête. Puis je détaille une nouvelle fois les événements de la soirée de lundi et ma visite au commissariat.

– Mantini est persuadé que j'ai inventé toute cette histoire. Je ne suis pas crédible parce que ça ressemble un peu trop à un roman, dis-je en guise de conclusion.

– Et le corps, alors, qu'est-ce qu'il est devenu ? questionne Alexis. Un de tes voisins s'appelle Dexter ?

Je ricane.

– Tu regardes trop les séries américaines. Il n'y a pas de tueur en série et on est loin du soleil de Miami.

– Monsieur Caron fait partie des clients de ma mère, coupe Guillaume. C'est elle qui réalise le bilan comptable de son agence. Tu veux que je me renseigne sur lui ?

– Tout ce qui concerne mes voisins a de l'importance.

Alexis me fait signe de me retourner.

– Ce ne serait pas le père de Faustine, là-bas ?

De l'autre côté de la rue, un bel homme athlétique, en costume-cravate, est en compagnie d'une jolie blonde élégamment vêtue.

– Ce n'est peut-être pas ce que ça a l'air d'être, lâche Alexis qui regrette soudainement de m'avoir interpellé.

Le père de Faustine et la femme échangent un baiser sans équivoque avant de poursuivre leur chemin.

– Je crois au contraire que c'est exactement ce qu'on imagine, je dis d'une voix blanche.

– Tu n'es pas obligé d'en parler à Faustine, glisse Alexis qui semble lire dans mes pensées. Ce ne sont pas tes oignons.

– Faire comme si de rien n'était ? Est-ce que tu te rends compte que Faustine et sa mère sont en train de lui acheter un cadeau d'anniversaire ?

– Ça craint, admet Guillaume.

Mon portable vibre. Quand on parle du loup… Un MMS de Faustine. Elle m'envoie une photo de l'empreinte de ses lèvres sur une boule neigeuse avec la tour Eiffel à l'intérieur. Un souvenir kitsch qui a dû la faire mourir de rire.

Je quitte mes copains, l'esprit confus. J'ai promis de retrouver Lilian dans les locaux des *Nouvelles de la Brie*.

En m'apercevant, le jeune journaliste abandonne son ordinateur.

– Prêt pour ta première enquête dans la vraie vie ? demande-t-il en empoignant son blouson.

– C'est un peu glauque d'interroger ses propres voisins, non ?

– Sans doute, répond Lilian en s'installant au volant de sa voiture. Seulement l'un d'eux est peut-être un assassin.

J'observe Lilian pendant qu'il conduit. Sa conclusion le concerne aussi, bien qu'il me soit sympathique.

– Ne prends pas mal ma question… je commence.

Lilian me jette un coup d'œil en coin.

– Tu me trouves cool mais tu voudrais m'éliminer de la liste de tes suspects ?

– C'est un peu ça !

– Ce soir-là, je testais un nouvel appareil photo numérique. J'ai pris une bonne centaine de clichés. J'étais seul chez moi mais les photos que j'ai prises sont horodatées. J'ai photographié des choses aussi intéressantes qu'une tasse à café, une brosse à dents accompagnée de son dentifrice. Je te les montrerai à l'occasion.

Après un moment de silence, Lilian poursuit :

– Comme notre agent immobilier a des horaires très élastiques, j'ai pris la liberté de le rencontrer à son agence. Je l'ai interrogé entre deux rendez-vous. Il ne semblait pas très heureux de me recevoir. Je crois qu'il était de connivence avec sa collaboratrice pour qu'elle lui passe un coup de fil prétendument urgent qui lui a permis d'écourter notre entrevue.

– Tu as appris quelque chose ?

– Il m'a dit être rentré vers 19 h 30…

Je coupe vivement :

– Soit une heure avant que la femme ne se fasse assassiner !

– … et n'avoir rien remarqué de particulier dans la cour, enchaîne Lilian. Peu après 20 heures, il se souvient avoir entendu monsieur Legal se garer devant chez lui. Il a passé sa soirée à mettre à jour le site de son agence avec de nouvelles maisons à vendre.

– Il est veuf, non ?

– Oui, opine Lilian. Personne pour confirmer son alibi mais je suis allé sur le site. Il dit vrai. Une bonne vingtaine d'annonces sont datées de ce lundi : cependant il est impossible de vérifier à quel moment de la journée elles ont été mises en ligne.

– Il t'a parlé de sa théorie du tapis ?

Lilian me jette un regard intrigué.

– De quoi s'agit-il ?

– Il pense que le tueur a transporté sa victime enroulée dans un tapis qui se trouvait dans la maison.

– Rien que ça !

– Ce n'est pas tout ! J'ai trouvé des fibres de la même couleur dans la grange.

– Ça expliquerait pourquoi le corps avait disparu ! Tu soupçonnes Defoix ?

– Je ne sais pas. Mais c'est le seul qui ne soit pas sorti, l'autre soir. J'aimerais savoir pourquoi.

– Si tu veux, on l'interroge en premier, propose le journaliste en se garant dans la cour.

Lorsque Lilian appuie sur le bouton de la sonnette, un carillon déclenche une cavalcade sur le carrelage puis des aboiements retentissent. Quand Defoix ouvre la porte, des relents de chien mouillé et de renfermé assaillent mes narines et un corniaud tourne autour de nous en reniflant nos jeans.

C'est la première fois que je vois mon voisin d'aussi près. Les poils qui sortent de son nez et de ses oreilles, ses ongles sales et la ficelle qui fait office de ceinture contrastent avec la rigueur de sa coupe militaire. Ses mains sont deux fois plus larges que les miennes. Des mains d'étrangleur ? Defoix donne un coup de pied sec dans l'arrière-train du chien qui part en couinant.

– Oui ? demande-t-il.

J'espère qu'il est capable d'élaborer des phrases de plus d'un mot, sinon la conversation sera brève.

– C'est à propos de l'autre soir, commence Lilian d'un air engageant.

– Quoi l'autre soir ?

Encourageant. Quatre mots d'un coup.

– La police est venue parce qu'Arthur (le journaliste me désigne d'un mouvement de tête) a assisté au meurtre d'une femme dans la maison voisine de la sienne.

Defoix n'affiche aucune émotion.

– Et ?

J'interviens :

– On voulait savoir si vous aviez vu quelque chose.

En guise de réponse, l'ancien militaire émet un borborygme que j'ai du mal à interpréter. Un crachat sur le sol me permet d'en affiner le sens. Et si j'avais encore des doutes, ils sont vite dissipés par la porte que Defoix vient de claquer sur nous.

– Très causant, je constate. Si toutes les personnes que nous rencontrons sont aussi loquaces, on n'est pas près de boucler notre enquête.

– Tu as vu ses mains ? demande Lilian en rebroussant chemin.

– Hum, hum. Pas suffisant pour l'accuser. Et puis nous ne sommes pas plus avancés le concernant. Était-il chez lui à l'heure du crime ? A-t-il vu quelque chose ?

– Nous aurons peut-être plus de chance avec le voisin suivant, déclare Lilian.

Nos pas nous mènent jusqu'à la maison de M. Legal, le concessionnaire automobile.

– À cette heure-ci, remarque le journaliste, il ne sera pas là.

Mais la porte s'ouvre sur une femme d'une quarantaine d'années. Élégamment vêtue, elle se montre à peine surprise par l'objet de notre visite.

– Entrez donc, propose-t-elle. Mon mari m'a raconté ce qui s'est passé.

– Vous n'étiez pas là ? questionne Lilian en s'essuyant les pieds sur le paillasson.

– J'étais en vol.

Devant notre air étonné, elle ajoute :

– Je suis hôtesse de l'air. Je suis souvent en déplacement.

Elle nous précède dans un grand salon. Parquet en chêne blanchi, poutres peintes en blanc au plafond. Un poêle au design moderne diffuse une chaleur accueillante. Elle nous invite à nous asseoir dans des fauteuils en cuir.

– On n'est plus en sécurité nulle part, constate Mme Legal en nous servant un verre de cidre au goût âcre. Quand Paul m'a raconté cette histoire, j'en ai eu la chair de poule.

Lilian me jette un regard rapide.

– Votre mari était seul, ce soir-là ?

– Oui, dit-elle sans avoir l'air de saisir pourquoi Lilian lui pose cette question. J'imagine qu'il surfait sur Internet ou qu'il visionnait un film à la demande. C'est un grand amateur de cinéma.

Mme Legal se tourne vers moi.

– Vous écrivez des romans, jeune homme ?

– Heu… J'en ai écrit un, dis-je désarçonné.

Un sourire se dessine lentement sur le visage de Mme Legal.

– Vous n'avez pas vraiment vu ce meurtre, n'est-ce pas ? Vous écrivez un nouveau livre et vous testez les réactions des gens pour écrire de façon plus réaliste ?

Je manque de m'étrangler avec ma gorgée de cidre. J'en ai assez de ces soupçons qui pèsent sur moi. Je me redresse vivement.

– Je n'écris rien du tout. J'ai vu une femme être tuée et ça n'a rien de littéraire. Encore moins si on considère que l'assassin est sans doute une personne que nous croisons tous les jours.

Les pommettes de Mme Legal rosissent légèrement.

– Je ne voulais pas vous froisser, s'excuse-t-elle.

Puis elle met fin rapidement à l'entretien :

– Comme je vous le disais, ce soir-là je n'étais pas là et je n'en sais pas plus.

Dehors, le froid me saisit, comme pour me punir d'avoir profité de la chaleur du poêle à bois.

– Nos voisins sont avares de détails, je soupire. Ces deux visites ne nous ont pas appris grand-chose.

– C'est plutôt bon signe, prétend Lilian. Les vrais assassins se concoctent toujours un alibi parce qu'ils veulent éviter d'être suspectés. Mais qui, dans la vraie vie, peut prouver à tout moment où il était ?

Sa phrase me donne à réfléchir. Parce que, pour le moment, Lilian est le seul à m'avoir fourni un alibi.

Ce qui ne m'empêche pas d'avoir confiance en lui.

– On continue ? propose-t-il sans se rendre compte de mon trouble.

– Si ça ne te gêne pas, pour cet après-midi j'aimerais arrêter. Les profs nous ont filé plein de boulot.

– Pas de problème. On poursuit samedi ? D'ici là, je tâcherai d'en savoir un peu plus sur notre ami le militaire.

Je finis par dire :

– D'accord.

Comme à chaque fois que je grimpe dans le grenier, je me sens apaisé. J'effleure du bout des doigts une liasse de feuilles posées sur le bureau. Le premier jet de mon deuxième polar. Sur ce point, Mme Legal a raison mais il est hors de question que j'en parle avant d'avoir élucidé ce meurtre.

Je relis le texte que j'ai tapé la dernière fois. J'aimerais tellement mettre un nom sur celui que j'ai appelé « l'homme ». Mes soupçons se sont d'abord portés sur l'agent immobilier, qui a les clés de la maison et la carrure pour déplacer le corps. Mais dans ce cas pourquoi m'aurait-il parlé du tapis ? Pour voir ma réaction ?

Defoix est lui aussi un coupable potentiel. La grange lui appartient et c'est une force de la nature. Aucun de mes voisins ne semble avoir d'alibi à l'exception de Lilian. J'abandonne momentanément ma quête du criminel. L'épisode du père de Faustine et de sa maîtresse qui s'embrassent me perturbe tout autant. Faut-il que j'en parle à Faustine ? Je la connais. Elle ira voir son père direct, sa mère, et j'aurai bousillé leur vie de couple. Si je ne dis rien, elle m'en voudra à mort. Super choix !

Je tchate avec Guillaume et Alexis sur Facebook. Je leur raconte le peu que j'ai appris.

– *Je peux vérifier l'alibi de la femme de Legal,* s'enthousiasme Alexis. *Mon oncle travaille au comptoir d'Orly. Il a sûrement accès aux emplois du temps du personnel navigant.*

– *Excellent !*

Puis je rédige ma dissert de français et passe la soirée devant une série télévisée pour le plus grand plaisir de ma mère.

UNE RÉPÉTITION À HAUT RISQUE

Comme tous les matins, la cour du lycée fourmille de petits groupes d'élèves. Bien que ce soit interdit, certains ont allumé une cigarette en espérant que la fumée passe inaperçue auprès des pions qui patrouillent dans l'établissement.

Je repère quelques regards inquisiteurs. J'imagine que la une des *Nouvelles de la Brie* n'a pas échappé à certains d'entre eux. Je vais passer pour le mytho de service. Pour le moment, c'est le dernier de mes soucis.

Faustine est avec des copines. Elle vient à ma rencontre. Est-ce que je dois lui dire que j'ai vu son père hier ? Elle pleure. Les larmes coulent sans retenue sur ses joues.

Elle se blottit contre moi en sanglotant. Je la serre dans mes bras et je lui demande :

– Qu'est-ce qui se passe ?

Elle sèche ses larmes et s'écrie :

– C'est mon père ! Ce salaud ! Il a une liaison avec sa secrétaire ! Non mais tu te rends compte le cliché ? Hier soir – le soir de son anniversaire ! – il a annoncé à ma mère qu'il demandait le divorce. Ça fait des mois qu'il joue la comédie. Il ose m'appeler « ma puce » et juste après il m'explique qu'on ne pourra pas se voir pendant un moment parce que sa « compagne » (Faustine a pris un ton volontairement dédaigneux en prononçant ce dernier mot) a besoin d'un peu de temps en couple avant de porter l'étiquette de belle-mère. Quelle pétasse !

Faustine me dévisage de ses grands yeux. Je sais bien qu'elle attend que je confirme, oui, c'est vraiment un enfoiré, que je n'aurais jamais cru ça de lui. Je n'ai pas envie de lui mentir.

– Je dois t'avouer quelque chose... J'ai vu ton père avec une femme...

Le visage de Faustine se durcit. Elle me repousse.

– Ne me dis pas que tu étais au courant, lâche-t-elle les mâchoires serrées.

– Je voulais aborder le sujet, mais je ne savais pas comment m'y prendre...

Je m'embrouille dans mes explications. J'ai l'air coupable alors que rien n'est ma faute.

– Je ne veux plus jamais entendre parler de toi ! hurle-t-elle sous les regards interloqués des élèves autour de nous.

– Laisse-moi au moins t'expliquer !

Faustine s'enfuit sans me laisser la moindre chance de lui raconter ce que j'ai vu. Je l'appelle sur son portable, toutefois je tombe sur sa messagerie.

Pour couronner le tout, le prof de maths me grille pendant que j'envoie un SMS. Portable confisqué jusqu'à la fin du cours, ce qui est plutôt clément. En général, il faut aller le récupérer chez le proviseur.

Guillaume et Alexis ont bien remarqué que je n'étais pas dans mon assiette mais je suppose qu'ils mettent ça sur le compte des événements de ces derniers jours.

En fin de matinée, je n'échappe pas à une nouvelle répétition de la pièce et les acteurs sont toujours aussi mauvais. J'explose :

– Vincent ! Bon sang ! Tu oublies que tu joues le rôle d'un don Juan ! Ce n'est quand même pas si difficile. Quand tu prends Clothilde dans tes bras, tu es aussi rigide qu'un robot !

Furieux, je monte sur scène.

Vincent, mal à l'aise, danse d'un pied sur l'autre, à côté de Clothilde que la situation semble amuser.

– Il a peut-être peur de m'embrasser ! s'exclame-t-elle.

– On ne lui demande pas un tel sacrifice ! je lance. Il faut juste qu'on croie à ton personnage.

J'enlace Clothilde avec assurance et j'explique à Vincent :

– Tu viens de séduire la prof de français. Tu la prends dans tes bras, comme ça, et tu approches ton visage pour l'embrasser.

Clothilde se colle contre moi et pose ses lèvres sur les miennes.

Un vrai baiser.

Après le premier instant de surprise, je la repousse.

– Qu'est-ce que tu fais ?

– Ça ne se voit pas ? demande-t-elle mutine. J'étais dans le hall, ce matin, quand ta copine t'a largué.

Je suis trop abasourdi pour trouver une réplique cinglante. Je jette un coup d'œil inquiet dans la salle, qui est toujours plongée dans l'obscurité. Est-ce un effet d'optique ou la porte de l'amphithéâtre s'est-elle refermée doucement ?

Mon cœur s'emballe. Tonio a-t-il assisté à ce baiser ? Non. Il m'aurait déjà défoncé le crâne !

Sur scène, les acteurs se jettent des regards embarrassés. Seule Clothilde a le sourire. Je n'en peux plus et je les plante là. Comme si je n'avais pas assez de problèmes !

UNE CARICATURE ASSASSINE

À l'heure du déjeuner, mes pas me conduisent presque naturellement au CDI. Par la baie vitrée, je vérifie que Faustine n'est pas dans l'aquarium. Il n'y a qu'une dizaine d'élèves qui bouquinent assis à des tables. Quand j'apparais, des émotions contradictoires se lisent sur le visage de Mlle Avril. Un mélange de soulagement et d'embarras. Encore plus inhabituel, elle se lève et vient à ma rencontre.

– Faustine est passée pour mettre en ligne un nouvel article sur le blog, chuchote-t-elle.

Mlle Avril mordille sa lèvre inférieure.

– Et ?

– Comme elle pleurait, je me suis connectée après son départ... Elle a publié un dessin... Je préférerais que tu le voies.

Je n'aime pas tous ces mystères. Je passe dans l'aquarium et clique sur l'adresse du blog. La page s'affiche presque immédiatement. Il y a une nouvelle caricature, très explicite. On y voit un Roméo et une Juliette en habits de théâtre s'embrasser fougueusement. Aucun doute n'est permis. Le crayon féroce de Faustine a joué son rôle : c'est Clothilde et moi. La porte qui se refermait, ce n'était pas une illusion. C'était elle.

Une légende accompagne l'illustration : « Silence ! On tourne ! » Un compteur indique que la page a déjà été vue une quinzaine de fois.

Il n'y a rien que je puisse faire. Faustine et moi avons chacun un statut de rédacteur protégé par un mot de passe. Elle seule peut supprimer son dessin.

À cette heure, elle a bientôt cours de chimie. Je sors du bâtiment A pour rejoindre le B, séparé de quelques dizaines de mètres. Un étage plus tard et je débarque devant les salles réservées à la chimie.

Des élèves discutent dans le couloir. J'aperçois Camille, la meilleure amie de Faustine. C'est pour ce genre de fille qu'on a inventé l'expression « Sois belle et tais-toi ». Son apparence compte tellement que son sac contient davantage de produits de beauté que de manuels. Je n'ai jamais compris ce qui les avait rapprochées. Je prends un air désinvolte.

– Tu sais où est Faustine ?

– Non, je n'en ai aucune idée, répond-elle froidement en rejetant ses cheveux en arrière.

Elle ajoute, sur un ton dédaigneux :

– Je pensais qu'elle était avec toi. Enfin remarque, vu qu'elle pleurait, j'aurais dû me douter qu'il y avait un problème entre vous.

En désespoir de cause, j'appelle Faustine sur son portable. C'est encore la messagerie.

– *Salut. Oui je sais, vous vouliez me parler mais là j'ai vraiment trop de taf ! Rappelez-moi plus tard ou laissez-moi un message.*

J'ai un pincement au cœur en entendant sa voix.

– C'est Arthur. Écoute… Je n'ai pas embrassé Clothilde. C'est elle. Je ne sors pas avec elle… Ce n'est pas ce que tu crois…

Je bafouille. Mes explications sont pitoyables. Je suis lamentable. Dégoûté, je raccroche. Comme si ça ne suffisait pas, Alexis et Guillaume en rajoutent une couche.

– Ben mon pote, s'enthousiasme Alexis, quel succès !

Guillaume fronce les sourcils.

– Tu m'expliques ? Jusqu'à hier tu étais raide dingue de Faustine et tu craques pour Clothilde ? Tu veux te faire massacrer par Tonio ?

Je ne suis pas d'humeur.

– Fichez-moi la paix, les mecs. J'ai eu ma dose pour aujourd'hui, d'accord ?

Ils haussent les épaules en bougonnant. J'essaie de joindre Faustine plusieurs fois dans l'après-midi puis dans le car qui me ramène à la maison. Sans résultat.

Je travaille sans entrain sur un devoir jusqu'à l'arrivée de ma mère. Quand elle m'aperçoit, elle devine que ça ne va pas très fort.

– Pas de nouvelles du commissaire Mantini ? demande-t-elle en m'ébouriffant les cheveux.

– Non, aucune, dis-je, sans parler de mes peines de cœur.

– Quelqu'un finira par signaler la disparition de cette femme, poursuit-elle en se servant un café. Et là le commissaire sera bien obligé de te croire.

Je n'ai pas le temps de lui répondre. Le téléphone sonne.

– Tu peux décrocher ? demande ma mère.

– Pas de problème.

– Bonjour, Arthur Thaur ?

– Oui.

– Je m'appelle Stéphane Milan. Je suis journaliste au magazine *Écrire aujourd'hui*. Je monte un dossier sur les jeunes auteurs, et j'aimerais vous interviewer.

J'ai déjà feuilleté un numéro de ce magazine. Ses articles sont sérieux et bien documentés mais je n'ai aucune envie de parler littérature. J'essaie de ne pas le vexer.

– Écoutez, je suis assez occupé en ce moment.

– Je m'en doute, concède le journaliste, mais sans votre point de vue, mon dossier n'a plus grand intérêt. Il s'intitulera *Être publié avant 18 ans*... C'est un titre un peu racoleur, je sais, s'excuse-t-il. Seulement il y a plein de jeunes qui écrivent et pour lesquels vous êtes un exemple. Ce serait vraiment sympa de partager avec nos lecteurs vos sources d'inspiration, vos méthodes de travail... Des questions basiques mais qui reviennent toujours dans le courrier des lecteurs.

– Et si vous m'envoyiez vos questions par mail ? J'y répondrai très rapidement.

– Si ça ne vous ennuie pas, Arthur, j'aimerais faire une ou deux photos de vous. Et puis une rencontre, c'est toujours plus convivial. On pourrait se voir dans un café, si ça vous convient.

Je soupire. Je ne sais pas dire non.

– Quand souhaiteriez-vous me rencontrer ?

– C'est un peu court, mais demain, est-ce que ça vous irait ? Comme ça, j'aurai le temps d'écrire un premier jet de mon article ce week-end.

Je réfléchis.

– Pourquoi pas ? Je répète une pièce de théâtre et je quitte le lycée un peu plus tard, à 18 heures. Il y a un café en centre-ville, *Le Macadam*. On s'y retrouve à 18 h 30 ?

– C'est parfait.

– Comment je vous reconnaîtrai ?

– Je tiendrai un exemplaire de la revue, s'exclame le journaliste, enthousiaste. Merci beaucoup. À demain soir.

– C'était pour toi ? questionne maman.

– Un journaliste qui veut m'interviewer demain. Tu pourras me ramener après ton boulot ?

– Pas de problème. Quel succès ! sourit-elle.

Le repas terminé, je grimpe dans mon repaire. J'allume une bougie et je me connecte sur la page Facebook de Faustine, toutefois elle n'est pas en ligne.

Je consulte mes mails. J'ai reçu treize messages mais le seul qui retient vraiment mon attention provient de Lilian. Ses recherches ont été fructueuses.

Salut Arthur,

Je me suis renseigné sur Defoix. Son passé est très intéressant. Il a été renvoyé de la Légion étrangère il y a plusieurs années.

Difficile d'en connaître la raison : les militaires ne sont pas très bavards. J'ai demandé à un de mes collègues de contacter une de ses sources au ministère de la Défense. Elle a pu consulter son dossier. Il était en Afrique quand, au cours d'une permission, il s'est battu avec un de ses supérieurs qui est mort sous les coups.

Defoix a toujours prétendu qu'il était en état de légitime défense. Il y avait des zones d'ombre dans sa déposition mais comme les témoignages des personnes présentes divergeaient, il n'y a pas eu de suites. Il a cependant été renvoyé de la Légion. Il est venu s'enterrer dans la maison qui appartenait à ses parents.

Pensif, j'éteins l'ordinateur. Notre voisin a des antécédents inquiétants. Voilà qui ne manque pas d'intérêt.

La femme assassinée peut-elle avoir un rapport avec cette ancienne histoire ? Mon imagination s'enflamme. La fille de l'officier tué par Defoix retrouve sa trace, l'accuse d'être le meurtrier de son père et le menace de dévoiler son crime. Dans un accès de colère, Defoix étrangle la jeune femme puis la transporte dans sa grange. C'est le seul de mes voisins qui ne soit pas sorti à l'arrivée de la police. Et pour cause ! Peut-être était-il trop occupé à dissimuler le corps ?

UNE RENCONTRE FRAPPANTE

Le lendemain matin, dès que j'arrive dans une zone couverte par mon opérateur, j'appelle mon répondeur. Faustine n'a laissé aucun message. J'essaie de l'appeler. Sans succès. Je n'ai aucune chance de lui parler aujourd'hui : elle participe à une sortie organisée par son prof de français.

Cette nouvelle journée est un vrai cauchemar et je la traverse comme un zombie. Rien ne m'intéresse et je rends deux copies blanches. Je m'assois au milieu des élèves de ma classe, je sors mes affaires, le cours s'écoule, je les range et ainsi de suite. Mon corps est présent, mon esprit ailleurs.

Seule bonne surprise en fin de journée : Clothilde est absente à la répétition et Tonio ne traîne pas dans les parages, une batte de baseball dans les mains.

J'en profite pour que la troupe répète la suite de la pièce. Est-ce grâce à l'absence de Clothilde ou parce qu'il ne reste qu'une semaine avant la représentation, mais chaque acteur met un point d'honneur à jouer son rôle du mieux qu'il peut.

Quand je sors du bahut, une brume épaisse recouvre la ville. Je frissonne. Je m'enfonce dans la nuit d'un pas rapide pour parcourir les quelques centaines de mètres qui mènent au *Macadam*.

Je traverse la rue principale quand un pressentiment – ou est-ce le bruit d'un moteur ? – me fait tourner la tête.

Une voiture noire fonce droit sur moi. Dans les films, le héros se jette sur le côté, mais moi, je n'ai rien d'un héros. Au beau milieu de la route, je suis tétanisé comme un vulgaire lapin piégé par les phares d'une voiture. Je ferme les yeux.

On prétend qu'avant de mourir toute notre vie défile dans notre esprit. Moi une seule pensée m'occupe : Faustine.

Tous les sentiments que j'éprouve pour elle déferlent en moi comme un tsunami. Si elle était près de moi, je lui crierais mille fois « Je t'aime ». Dans une seconde, le choc de la voiture contre mon corps va mettre fin à mon amour pour elle.

Les pneus de l'engin de mort hurlent sur l'asphalte. Une tornade jaillit d'un recoin et fond sur moi. Tonio. Il me tire violemment sur le trottoir. Le conducteur de la voiture accélère encore. Je n'aperçois qu'une ombre derrière le volant.

J'ai à peine le temps de comprendre que je viens d'échapper à la mort que Tonio, le visage déformé par la rage, me donne un coup de tête qui me projette en arrière. Je sens aussitôt un liquide chaud et poisseux couler de mon nez et une violente douleur irradier tout mon visage.

Tonio m'attrape et m'envoie valdinguer contre la carrosserie d'une voiture en stationnement. Je trouve la force de balbutier :

– Tonio ! Arrête ! Il ne s'est rien passé avec Clothilde !

Il s'approche tout près de moi.

– Tu t'es bien amusé avec ma copine ?

On ne peut pas calmer un pit-bull. Encore moins discuter philosophie ou lui faire entendre raison. Un nouveau coup me plie en deux. Ma vue se brouille. J'ai mon compte.

– Tu ne t'approches plus d'elle, grogne Tonio dans un souffle.

Si j'avais eu la force de répondre, j'aurais rétorqué que c'était surtout à elle de ne pas s'approcher de moi. Tonio s'éloigne. Je reste seul. S'il y a eu des témoins de l'altercation, ils se sont prudemment éclipsés.

Le visage en feu, je me relève tant bien que mal. Je presse un vieux kleenex contre mon nez. Le bilan n'est pas si terrible : j'aurais pu mourir sous les roues d'une voiture et Tonio aurait pu me briser les doigts de la main un par un. Au lieu de ça, il m'a sauvé la vie et s'est contenté de me fracasser le nez. Douloureux mais rapide.

L'esprit confus, je me rends jusqu'au cabinet médical où travaille ma mère. Elle pousse un cri en me voyant. Je la comprends. Le miroir derrière elle ne m'épargne aucun détail : mon nez a le volume d'une patate, j'ai l'œil gauche tuméfié et du sang a coulé sur mes mains et mes vêtements.

Dans ce genre de situation, ma mère est efficace et professionnelle. Ses mains virevoltent d'un flacon d'antiseptique à des compresses qu'elle m'applique sur le visage. Je pousse quelques grognements de douleur.

– Je ne pense pas que ton nez soit cassé, dit-elle enfin. Quand le docteur aura fini sa consultation, je lui demanderai de vérifier. Maintenant raconte.

Ses yeux sont sévères, ses sourcils froncés. Des rides sillonnent son front. Je comprends qu'elle ne me lâchera pas tant qu'elle n'aura pas de réponse.

Je fais profil bas, mais je décide de ne pas lui raconter l'épisode de la voiture. Inutile de l'effrayer davantage.

– C'est un gars du lycée. Il croit que je sors avec sa copine et…

– Tu n'es plus avec Faustine ? coupe ma mère étonnée.

– Si… enfin… on est un peu en froid.

– Pourquoi ?

Bien essayé, toutefois j'ai l'intention de limiter mes confidences.

– Pour des conneries. Bientôt on va s'expliquer tous les deux.

– Et comment s'appelle ce garçon qui t'a mis dans cet état ?

– Peu importe m'man. De toute façon, je ne compte pas porter plainte.

– Je ne vais pas rester sans réagir ! s'insurge ma mère.

– Il m'a transmis son message, je lance en palpant délicatement mon visage. Maintenant, il me laissera tranquille.

– Mmm... dit ma mère, peu convaincue. Tu es sûr que tu ne sors pas avec cette fille ?

La porte du cabinet qui s'ouvre sur son patron m'évite de répondre.

– Ben mon garçon ! s'exclame le médecin en m'examinant, celui qui t'a fait ça n'y est pas allé de main morte.

Je passe une radio et il confirme le diagnostic de ma mère : mon nez n'est pas cassé. Il me prescrit des antidouleurs et me conseille de ne pas faire d'efforts violents. Il est déjà 19 h 30. Je grimace.

– Le journaliste va croire que je lui ai posé un lapin. Je devrais peut-être aller vérifier s'il est toujours là.

Ma mère oppose son droit de véto.

– Tu n'es pas en état de te balader à travers la ville. Tu n'as pas son numéro de portable ?

– Non. Je n'ai pas pensé à lui demander. Il m'attend au *Macadam*.

– Dis-moi comment le reconnaître ; je vais aller l'avertir que tu ne viendras pas.

Je cède sans résistance. Mon nez a doublé de volume et la douleur m'a déclenché une migraine.

– Il a un exemplaire de son magazine à la main.

Dix minutes plus tard, ma mère est de retour.

– Il n'était plus là. J'ai demandé au barman, personne n'a laissé de message pour toi.

– J'appellerai la rédaction lundi pour m'excuser. On rentre ?

NOUVELLES INVESTIGATIONS

De retour à la maison, je file me coucher. Je dors d'un sommeil de plomb. Je me réveille le lendemain matin avec un mal de crâne terrible. J'ai peur de ce que je vais affronter dans le miroir de la salle de bain.

– Ça va mon lapin ? demande ma mère qui réprime une grimace en découvrant ma tête.

– Maman, j'ai seize ans !

– Et ?

J'abandonne. Je crois que je serai son lapin toute sa vie.

– Tu souffres beaucoup ?

J'acquiesce.

– Dommage que ce ne soit pas Halloween, lance ma mère. Tu aurais beaucoup de succès !

– Ta remarque est très encourageante !

– Je sais ! dit-elle en laissant échapper un petit rire. Je te laisse déjeuner tranquille : je pars en courses.

Je me sers un bol de café au lait en réfléchissant aux événements de la veille. Tout s'est passé tellement vite ! Un détail me revient en mémoire. Le feu arrière gauche était brisé et le pare-chocs arrière pendait d'un côté. Peut-être la voiture a-t-elle été accidentée récemment ? Qui était le conducteur ? Pourquoi a-t-il tenté de m'écraser ? Comment savait-il à quelle heure je sortais du lycée ?

Une idée tente de germer. Je la laisse s'exprimer. En dehors de ma mère et de mes potes, seul le journaliste avec qui j'avais rendez-vous était au courant de mon emploi du temps.

Je veux en avoir le cœur net. Je décroche le téléphone et appelle le journal. Mais c'est le week-end et je tombe sur un répondeur. Je rappellerai lundi. Je passe le reste de la matinée à tchater sur Facebook avec Guillaume et Alexis. Je leur envoie mon portrait. En retour, les vannes pleuvent. Jusqu'à ce que je raconte l'épisode de la voiture. Il leur faut quelques secondes avant de réagir.

– *Pourquoi ce journaliste voudrait-il te tuer ???????* demande Guillaume qui accumule les points d'interrogation pour bien marquer sa stupeur.

– *Ça paraît un peu fou, mais je me demande si ce journaliste n'est pas une invention du tueur pour m'approcher. J'appellerai le journal lundi.*

– *Tu n'as pas reconnu la voix ?* demande à son tour Alexis.

– *Non. Mais il y a de nombreux procédés pour changer une voix.*

– *Pourquoi voudrait-il te tuer ?* intervient Guillaume.

– *Il craint peut-être que je puisse l'identifier. Ou il n'apprécie pas que je pose des questions.*

– *Tu as prévenu Mantini ?* questionne Alexis.

– *Pour qu'il dise qu'il s'agissait juste d'une voiture qui roulait un peu vite ? Non merci !*

– *Ça prend une tournure inquiétante,* conclut Guillaume.

– *Bon les gars, je vous laisse, ma mère va bientôt rentrer.*

Je les abandonne puis je me prépare rapidement. De retour de courses, ma mère réchauffe du riz cantonais et du canard laqué. Elle sait que c'est mon péché mignon.

– Tu vois tes amis, cet après-midi ?

– Non. Je vais retrouver Lilian.

Après un moment d'hésitation, j'ajoute :

– Il a proposé de m'aider à mener l'enquête.

L'inquiétude remplace le sourire de ma mère.

– Pourquoi tu ne laisses pas la police s'occuper de ça ?

– Tu sais comme moi que personne ne bougera le petit doigt tant que l'on n'aura pas retrouvé la victime. Ne t'inquiète pas, on essaie juste de savoir si quelqu'un a vu quelque chose.

– Hum, hum, dit ma mère dubitative. Sois prudent, quand même.

Après le repas, je vais sonner chez Lilian.

– Tu t'es battu ? s'exclame-t-il en découvrant mon visage tuméfié.

Il m'entraîne dans sa cuisine et me sert un Coca. J'en profite pour jouer les curieux. Alors c'est ça un repaire de célibataire ? Une cuisine Ikea, des meubles Ikea, des étagères Ikea et aucun objet qui traîne ? Tout en sirotant mon verre, je relate mon « amicale » discussion avec Tonio.

– C'est un teigneux ! s'exclame Lilian. Prêt pour la suite de notre enquête ?

Je redeviens brusquement sérieux.

– Que se passe-t-il ? questionne Lilian qui s'est rendu compte de mon changement d'humeur.

– Je crois qu'on a tenté de me tuer hier soir.

Je lui relate ma mésaventure qu'il prend très au sérieux.

– À défaut du chauffeur, tu pourrais identifier la voiture ? Tu as noté la plaque d'immatriculation ?

Je mentionne le feu cassé et le pare-chocs déboîté.

– C'est un peu mince, admet Lilian. Mais qui sait… On poursuit nos investigations ?

Nous tentons notre chance chez les voisins immédiats de Lilian : le jeune couple avec un bébé. Carine et Gilles.

La jeune femme à l'aspect juvénile vient nous ouvrir. Elle pourrait avoir l'âge de ma grande sœur… si j'en avais une.

– Qu'est-ce qu'il y a ? demande-t-elle.

Lilian lui adresse un sourire engageant.

– On peut vous parler ? C'est à propos de ce qui s'est passé lundi soir.

– Heu…

Le moins que l'on puisse dire, c'est que sa réponse manque d'enthousiasme. Dans la maison, le bébé pleure. Carine jette un regard furtif par-dessus son épaule.

– On n'en a pas pour longtemps, insiste gentiment Lilian.

Elle nous précède dans un petit salon. Elle déplace des piles de magazines, un paquet de couches et deux ou trois autres bricoles pour qu'on puisse s'asseoir.

– Gilles n'est pas là ? questionne Lilian.

– Il est parti courir.

Dans la pièce voisine, les pleurs redoublent d'intensité.

– Il pleure souvent en ce moment, s'excuse Carine.

– Vous avez vu quelque chose d'inhabituel, lundi soir ? dis-je en entrant dans le vif du sujet.

– Comme quoi ? s'inquiète-t-elle en repoussant une mèche de cheveux d'un geste fatigué.

– Une personne inconnue, une voiture…

– Un de nos voisins qui se promènerait avec un tapis sur l'épaule, intervient Lilian.

Je ne relève pas sa plaisanterie de mauvais goût.

– Je n'ai pas vraiment le temps de surveiller les allées et venues des voisins, rétorque la jeune femme qui se lève et disparaît dans la pièce voisine.

Lilian me jette un regard décontenancé. Elle revient presque aussitôt, son bébé dans les bras.

– Il fait ses dents, explique-t-elle. Il pleure beaucoup. Je n'en peux plus.

– Ça doit être fatigant aussi pour Gilles ? je demande.

– Quand ça devient insupportable, il part marcher en fumant une cigarette ou courir comme aujourd'hui.

Mû par une intuition, je glisse dans un souffle :

– Lundi soir, il ne serait pas sorti faire un tour ?

Le front de Carine se plisse.

– Il sort presque tous les soirs, dit-elle enfin. Il est allé marcher une bonne heure.

Quand on parle du loup… La porte d'entrée s'ouvre sur Gilles, en tenue de sport et en sueur. Son premier regard se porte sur le bébé.

– Notre pirate est en pleine forme, s'amuse-t-il en déposant un baiser sur le front de son fils.

Puis il se tourne vers nous.

– Vous êtes venus pour me parler de la femme assassinée dont le corps a disparu ? C'est vraiment glauque cette histoire.

– Carine nous a dit que vous étiez sorti, lundi soir. Vous n'auriez pas été témoin d'un incident quelconque ? interroge Lilian.

– C'est vous qui menez l'enquête ? s'étonne Gilles tandis que Carine disparaît dans la cuisine.

– Le commissaire ne me croit pas, je précise. Il est persuadé que je raconte des craques.

Un éclair de compréhension traverse les yeux de Gilles. Il file jusqu'à une étagère qui croule sous les livres. Triomphant, il revient avec un exemplaire de mon roman.

– Tu veux bien me le dédicacer ? demande-t-il en me le tendant.

Je jette un regard embarrassé à Lilian que la situation semble divertir. Je me creuse la tête. Est-ce que mon voisin apprécierait « À Gilles, un suspect parmi d'autres » ? J'opte pour une dédicace plus traditionnelle. Il a l'air d'apprécier mon petit mot. Il referme le livre puis répond à la question de Lilian.

– Lundi soir, je suis sorti pour fumer une clope mais il faisait si froid que j'ai décidé de marcher.

Je réagis aussitôt :

– Vous vous souvenez de l'heure ?

– 19 h 45, je crois.

Je calcule mentalement. S'il est resté une heure dehors, il était seul au moment où la femme a été tuée. Gilles intercepte le regard entendu que j'échange avec Lilian.

– Je n'ai pas d'alibi, mon cher Holmes, plaisante-t-il. Ah ! J'ai croisé notre voisin vendeur de voitures. Il allait un peu vite et comme la route n'était pas éclairée, il m'a vu au dernier moment. Il a dû faire un écart et m'a adressé un coup de klaxon rageur. Je ne sais pas s'il m'a reconnu.

– Quelle heure était-il quand vous l'avez croisé ? je demande.

Gilles réfléchit un instant.

– J'étais sur le chemin du retour, je dirais qu'il était 20 h 15.

– Il était seul ou accompagné ?

– Je n'en ai pas la moindre idée.

Quel dommage qu'il ne m'ait pas répondu : « Accompagné, bien sûr ! Une très jolie femme se tenait à ses côtés. »

Sa réponse ne m'aide pas beaucoup.

DES ALIBIS FRAGILES

Quand nous ressortons, une BMW métallisée se gare dans la cour. M. Legal, dans un costume-cravate impeccable, s'approche de nous, le sourire aux lèvres.

– Holmes et Watson ! plaisante-t-il.

Je me renfrogne. C'est la deuxième fois en moins d'une heure qu'on nous affuble de ces surnoms.

– Ne le prenez pas mal, poursuit le concessionnaire. Je comprends votre démarche. Passer pour un mythomane n'a rien de drôle.

Je cherche une intonation ironique. Sans succès. Il a l'air sincère. Il fronce les sourcils et désigne mon nez.

– Vous avez eu un accident ?

– Rien de grave, je réplique.

Je n'ai pas l'intention de raconter ma vie. C'est plutôt la sienne qui m'intéresse. Notamment sa soirée de lundi. À croire qu'il lit dans mes pensées.

– Ma femme m'a raconté que vous étiez passés...

– On a pensé que l'un d'entre vous avait peut-être remarqué quelque chose, intervient Lilian.

– Et que l'un d'entre nous était un meurtrier potentiel, ajoute finement M. Legal. Bon. Je suis désolé, mais je n'ai rien vu ; ce soir-là il faisait un froid de canard et une fois devant mon poêle, je n'ai pas mis le nez dehors.

M. Legal laisse s'écouler quelques secondes avant de reprendre :

– Sauf quand j'ai aperçu les gyrophares dans la cour. Je reconnais avoir joué les voyeurs. Et je n'ai pas d'alibi non plus, ajoute-t-il en levant les paumes de ses mains vers le ciel d'un air désolé. Comme ma femme vous l'a expliqué, j'étais seul et j'ai passé la soirée devant la télé.

– Vous êtes rentré à quelle heure ? demande Lilian.

– J'ai pris le journal de 20 heures en cours, répond M. Legal en haussant les épaules. Je ne saurais pas être plus précis.

– Gilles nous a dit que vous aviez failli l'écraser, je coupe.

– Ce crétin ! peste M. Legal. On ne s'habille pas en noir quand on marche sur une route de campagne.

Je m'abstiens de commenter. Legal est connu pour rouler à tombeau ouvert sans se préoccuper de son environnement.

De retour chez Lilian, je m'effondre sur le canapé. Lilian me sert un jus de fruit et s'assoit en face de moi.

– Résumons ce que nous savons, dit-il.

– Ça va aller vite ! Personne n'a rien vu.

– Je suis d'accord avec toi, rétorque Lilian, mais tu ne dois pas oublier qu'une personne au moins nous ment.

J'acquiesce. Lilian entame un inventaire en comptant sur ses doigts.

– Un : le sympathique légionnaire, qui aboie plus qu'il ne mord. On n'a absolument aucune idée de son emploi du temps et il n'a visiblement pas l'intention de nous faciliter la tâche. Deux : le concessionnaire. Il assure avoir passé la soirée chez lui, seul, ce qui est impossible à vérifier.

J'enchaîne :

– Idem pour l'agent immobilier, il n'y a pas moyen de savoir quand il a posté ses annonces sur son site.

– Il possédait les clés et savait que la maison était vide ! rappelle Lilian.

– Mais il a spontanément reconnu qu'il les avait.

– Il aurait été suspect s'il n'en avait pas parlé.

– Dans quelle catégorie range-t-on Gilles ? je demande. Il était parti marcher. Son alibi est en partie vérifié par Legal.

– Sauf que Gilles aurait très bien pu rentrer plus tôt qu'il ne le prétend, intervient Lilian. Ni vu ni connu.

– J'accorde à Gilles le bénéfice de l'honnêteté. Il vient juste d'avoir un bébé. Je le vois mal mener une vie de famille d'un côté et étrangler une femme de l'autre.

– Que penses-tu de Legal ? interroge Lilian.

– Il a l'air sincère mais j'imagine que c'est le cas de tous les menteurs. Non, à mon avis, notre méthode n'est pas la bonne. Ce qu'il faudrait découvrir, c'est le mobile du tueur.

Lilian hausse les épaules.

– Chaque chose en son temps, non ?

– Savoir pourquoi on a tué cette femme pourrait nous conduire au meurtrier.

– Tu te prends vraiment au jeu, sourit Lilian, seulement je te rappelle qu'on n'est pas des flics. Je me contenterai d'un bon article le moment venu.

Le journaliste se lève d'un bond.

– Je t'avais promis de te montrer les photos que j'ai prises à l'heure du crime, dit-il en attrapant son appareil photo sur une étagère. C'est la Rolls des reflex numériques, explique-t-il en allumant l'appareil. Bourré de technologie. J'ai même une touche « night shot ». Associée à un logiciel de retouche pour améliorer la définition et le contraste, cette fonction me permet de photographier sans lumière. Très pratique pour les reportages de nuit.

Lilian me place l'écran sous les yeux. Un diaporama défile sur une petite musique entraînante. Une goutte de café figée dans sa chute, un morceau de sucre d'une netteté si précise que je pourrais compter le nombre de grains qui le composent.

Mais ce qui retient mon attention, ce sont les indications incrustées dans l'angle inférieur droit de chaque photo : le jour et l'heure du cliché. Plusieurs ont été pris entre 20 heures et 21 heures. Sauf si quelqu'un d'autre a fait ces photos, Lilian était bien chez lui à l'heure du crime. C'est plutôt rassurant pour moi !

Je retourne à la maison en traînant un peu les pieds. Un de mes voisins est un tueur et en veut aussi à ma vie. Lequel ?

Le soir, j'entame une discussion avec Guillaume et Alexis via Skype.

– *J'ai des infos concernant Caron*, annonce Guillaume. *D'après ma mère, il a failli déposer le bilan à la fin de l'année dernière. Il y a quelques semaines, il a renfloué sa société avec une somme d'argent importante.*

– *Ta mère sait d'où provient l'argent ?*

– *Un héritage providentiel*, souligne Guillaume. *Tu crois que ça a un rapport avec ton affaire ?*

– *Je ne sais pas encore, mais c'est possible. Imagine qu'il ait volé cet argent avec la complicité de cette femme puis qu'il se soit débarrassé d'elle parce qu'il avait peur qu'elle parle ?*

– *Ça se tient*, reconnaît Guillaume.

– *Mon oncle a confirmé que madame Legal survolait l'Atlantique le soir du meurtre*, intervient Alexis.

– *Merci les gars !*

J'éteins l'ordinateur avant de m'écrouler sur le canapé du salon. Ma mère est ravie de passer une nouvelle soirée à côté de son lapin !

QUI EST LE JOURNALISTE ?

Quand je débarque au lycée le lundi matin, mon nez est du plus beau violet et des lunettes de soleil auraient été bienvenues pour dissimuler un magnifique œil au beurre noir. Je me contente de répondre de façon évasive à ceux qui m'interrogent.

Guillaume, qui a toujours le sens de la formule, me murmure :

– Dommage que tu ne sois pas réellement sorti avec Clothilde. Au moins, Tonio ne t'aurait pas fracassé pour rien !

Alexis n'est pas en reste :

– J'espère qu'elle embrasse bien !

– Vous êtes vraiment des gros bourrins, les mecs !

À l'interclasse, mon portable vibre. Un SMS de Faustine. « Je suis désolée. Je ne voulais pas ça. J'ai supprimé le dessin du blog. RV à midi à l'aquarium. »

Je relis le message plusieurs fois. Brusquement, mes hématomes me font moins souffrir. Je me dépêche de lui répondre. « Je sais. C'est moi qui suis désolé. »

On se donne rendez-vous à midi.

Quand nous nous retrouvons, notre baiser mériterait de figurer dans le *Livre des records* !

– Je m'en veux terriblement ! se désole Faustine.

– Je…

Faustine met un doigt sur ma bouche.

– Laisse-moi parler. Sur le moment, j'étais furieuse. Lorsque ma colère est retombée, j'ai voulu avoir une explication avec toi. Je suis venue à ta répétition. Quand tu as embrassé cette fille, je me suis sentie trahie.

– Dès que j'ai vu ton dessin, je t'ai cherchée pour t'expliquer ce qui s'était réellement passé mais tu avais disparu de la circulation. Qu'est-ce qui t'a fait changer d'avis ?

– Tes copains. Ils m'ont envoyé des SMS pour me dire ce qui s'était produit !

Je leur adresse un remerciement muet. Ils sont parfois un peu lourds, mais comme de vrais amis, ils sont là quand j'ai besoin d'eux.

Après un moment de silence, Faustine demande :

– Quoi de neuf du côté de l'enquête ? On a signalé la disparition de la femme ?

– Non.

– Ça fait déjà une semaine qu'elle a été assassinée. Elle va bien manquer à quelqu'un, affirme Faustine avec optimisme.

– Je l'espère.

Après un instant d'hésitation, je lui relate comment j'ai failli être renversé.

– Il faut prévenir la police ! s'exclame Faustine effarée.

Je lui explique pourquoi je ne le ferai pas.

– Promets-moi d'être prudent jusqu'à l'arrestation du tueur, exige Faustine.

Je promets puis je pars déjeuner.

– On a un problème ! annonce Guillaume en posant une assiette de tomates sur son plateau.

– Lequel ? je demande, en prenant à mon tour une entrée.

– Clothilde a lâché l'affaire. Elle ne jouera pas dans la pièce.

– Un problème ? C'est plutôt une bonne nouvelle. Elle jouait comme un pied et son copain m'a écrabouillé le nez !

– On joue à la fin de la semaine et il manque une actrice ! grogne Guillaume, mécontent que je prenne cette défection à la légère.

– Supprime son rôle ! s'exclame Alexis, qui s'est glissé entre Guillaume et moi, en dépit des protestations des lycéens qui piétinent derrière nous.

On s'installe tous les trois à une table qui vient de se libérer.

– T'as une solution miracle ? interroge Guillaume.

– Clothilde n'avait que trois scènes dans l'acte I. Après, elle meurt. Ça ne devrait pas être compliqué de trouver une remplaçante pour apprendre une vingtaine de répliques, non ?

– Je connais peut-être quelqu'un, reprend Guillaume, l'œil pétillant. Une fille sympa, avec qui je fais des travaux de groupe, en option arts plastiques, Maëva.

Cette fois-ci, c'est à moi de le charrier.

– Je vois très bien de quels travaux il s'agit ! je lance en m'esclaffant.

– T'es trop nul, rougit-il.

– Je plaisante ! Demande-lui de venir à notre prochaine répèt.

L'après-midi, je me concentre difficilement sur le cours de français et le prof d'histoire-géo n'est pas plus efficace pour capter mon attention. L'heure suivante est une heure de permanence pour la classe, de répétition pour nous. Je retrouve la troupe dans l'amphithéâtre.

Maëva est là. Je comprends pourquoi Guillaume la dévore des yeux ! Je lui donne un coup de coude.

– Arrête de baver, on est là pour répéter !

– Très drôle. Dis, ajoute-t-il en piquant un fard, tu voudrais pas changer légèrement le rôle de Vincent, pour qu'il s'approche pas trop d'elle ?

– C'est du théâtre, mon pote ! On ne leur demande pas de s'embrasser. Juste de jouer la comédie !

Maëva n'est pas seulement très belle, elle se révèle aussi excellente actrice. À la fin de l'heure, elle connaît déjà son rôle par cœur.

– Rendez-vous jeudi pour l'avant-dernière répétition ! je lance en guise de conclusion.

Le chemin qui me mène à la maison me paraît interminable. Je sursaute à chaque bruit de moteur et je me jette sur le bas-côté à l'approche des voitures qui roulent un peu vite.

Mes craintes sont infondées : aucun véhicule noir ne me double.

– 'soir, m'man.

Je dépose un baiser sur sa joue. Elle m'adresse un regard étonné. Étonné mais ravi. Il y a bien longtemps que je ne l'ai pas embrassée.

– Tu es malade ? plaisante-t-elle.

– Quoi ? Ton lapin n'a plus le droit de te faire un bisou ?

– Si, si, au contraire ! Recommence si tu veux !

Je jette un coup d'œil à ma montre. À cette heure-ci, la rédaction du magazine *Écrire aujourd'hui* sera encore ouverte. Une voix féminine me répond.

– Bonjour. Est-ce que je pourrais parler à Stéphane Milan ?

– Qui ça ? grogne la voix comme si je l'avais dérangée au milieu d'une grille de mots croisés.

– Stéphane Milan. Je devais le rencontrer vendredi soir pour son dossier sur les jeunes auteurs mais j'ai eu un empêchement.

– Écoutez jeune homme, répond la réceptionniste en utilisant le ton de celle qui doit expliquer le fonctionnement du Rubik's cube à un troupeau de bovins, il n'y a aucun Stéphane je ne sais qui au journal. Et pas d'article en préparation sur les jeunes auteurs. Vous êtes victime d'une mauvaise farce.

Je raccroche, songeur. Voilà qui confirme mes soupçons. Ce rendez-vous a permis à l'assassin de savoir où et quand me trouver.

Je monte lentement les marches qui mènent au grenier. Comme à chaque fois, j'éprouve un réel plaisir à m'asseoir dans mon fauteuil, à humer les odeurs de poussière qui emplissent la pièce.

Quand j'allume une bougie, je me rends compte que mes mains tremblent. Ce n'est pas tous les jours qu'on a la certitude qu'une personne veut vous supprimer ! Je mets en route mon ordinateur. Mes doigts volent au-dessus du clavier.

Au volant de la voiture noire qu'il venait de voler sur le parking de la gare, l'homme se remémorait les étapes de son plan. Si tout fonctionnait comme prévu, il ne vivrait plus avec cette épée de Damoclès au-dessus de sa tête.

Il ralentit. La nuit était tombée et ses antibrouillards suffisaient à peine à trouer la brume qui s'était abattue sur la campagne. Le temps idéal pour ce qu'il projetait.

Il se gara à proximité du lycée, entre deux voitures. De sa place, il apercevait parfaitement la sortie. L'homme regarda sa montre : 17 h 30. Il était en avance.

Le garçon ne sortirait pas avant une demi-heure. Un rictus traversa son visage.

Se faire passer pour un journaliste avait été une idée de génie. Il avait suffi d'un simple mouchoir posé sur le combiné pour être sûr que le garçon ne reconnaisse pas sa voix. Il n'avait eu aucun soupçon. Quelle ironie ! Sa victime avait elle-même fixé l'heure de sa mort !

L'homme imaginait déjà les titres de la presse locale : « Un lycéen mortellement percuté par un chauffard ivre qui prend la fuite ».

L'homme sentit l'excitation le gagner. Il sortit d'un petit sac à dos une bouteille d'alcool à moitié vide. Il versa son contenu sur le siège passager et abandonna la bouteille sur le sol. Lorsque les enquêteurs chercheraient des empreintes, ils trouveraient celles d'un pilier de tous les bars de la ville. Le tueur avait passé une partie de l'après-midi à le faire boire.

Dans le cendrier, il écrasa un joint. Là encore, si la police effectuait des recherches ADN, elle trouverait le pauvre type qui l'avait fumé. Au pire, elle perdrait du temps sur de fausses pistes, au mieux, elle accuserait ces deux gars d'avoir provoqué l'accident.

Il y avait peu de circulation à cette heure-ci. Les cars scolaires étaient partis depuis une demi-heure. Deux ou trois voitures s'étaient garées sans que les conducteurs sortent de leur véhicule. Sans doute des parents venus chercher leur ado à la fin de la répétition.

18 h 05. Un premier jeune quitta le lycée. Appels de phares d'une des voitures garées. Une fois son jeune passager monté, la voiture démarra. Puis ce fut au tour d'un autre lycéen. Enfin, deux jeunes sortirent et s'en allèrent à pied.

L'homme s'impatientait. 18 h 15. De ses mains gantées, il tapotait nerveusement le volant.

Il se redressa brusquement sur son siège. Il avait reconnu la silhouette du garçon. Comme il l'espérait, celui-ci était seul. Il démarra et, l'esprit en alerte, il roula doucement, tous phares éteints.

Le garçon marchait d'un pas vif sans se retourner. L'homme prit garde de ne pas se laisser distancer.

Au moment où sa victime traversait pour rejoindre une rue perpendiculaire, le conducteur fit vrombir le moteur de sa voiture, alluma ses phares et se prépara au choc du corps contre la carrosserie.

Je relis ma prose à la lumière vacillante de ma bougie. Qui sait ? Ç'aurait très bien pu se passer comme ça. L'assassin a peut-être peur que je finisse par convaincre la police ? Ou tout simplement que je l'identifie.

LE NOM DU TUEUR

Le lendemain, la journée passe à une allure incroyable, apportant son lot de contrariétés. Guillaume a une gastro. À quatre jours de la représentation, c'est le désastre !

Puis je croise Vincent à qui le trac a fait perdre sa voix. Il n'est pas sûr d'être capable de monter sur scène devant plusieurs centaines de personnes. Je prends une heure pour le réconforter.

Quant à Alexis, à l'idée de jouer devant un vrai public à la fin de la semaine, il est en transe.

Faustine est à peine plus disponible. Son père est passé chez elle hier soir récupérer quelques affaires et sa mère et lui se sont violemment disputés. Elle est trop préoccupée pour me prêter une oreille vraiment attentive.

En fin d'après-midi, je m'aperçois que j'ai loupé un appel de Lilian qui a déposé un message sur mon répondeur. Sa voix est surexcitée.

– *Arthur ! Rappelle-moi dès que tu peux. J'ai suivi la piste de la voiture qui a failli te renverser. Je l'ai retrouvée ! Tu avais raison : l'assassin et le conducteur de la voiture sont une seule et même personne !*

Mon cœur bat violemment. Lilian connaît le nom du tueur ! Je réécoute le message pour être sûr qu'aucune information importante ne m'a échappé. Je compose son numéro et je tombe sur sa messagerie.

J'attrape le bus scolaire à la volée. J'ai hâte de parler à Lilian. Sa voiture est garée devant chez lui, mais j'ai beau frapper à plusieurs reprises, je n'obtiens pas de réponse.

Je ne me démonte pas. La porte n'est pas fermée à clé. J'entre. Mon regard est tout de suite attiré par des affaires qui ont été renversées sur le sol. Encore un pas et je découvre Lilian, étendu sur son canapé, le teint d'une pâleur effrayante. Il a été frappé à la tête et du sang a coulé de la plaie.

– Lilian !

Je ne sais pas si c'est le cas de toutes les mères, mais la mienne, sans doute parce qu'elle est secrétaire médicale, m'a inculqué les premiers gestes de secours. C'est à peine si je sens le pouls de Lilian.

J'appelle les pompiers du fixe. En attendant leur arrivée, les questions se bousculent dans ma tête. Comment le tueur a-t-il su que Lilian l'avait démasqué ? Lilian a-t-il été imprudent ?

Je jette un coup d'œil circulaire à la pièce. J'ai cru que les affaires renversées témoignaient d'une lutte entre Lilian et son agresseur, mais les tabourets hauts, pourtant dans le passage, sont toujours debout. La pièce a été fouillée. Que cherchait le tueur ?

Je remarque l'appareil photo dont Lilian est si fier posé sans soin sur un fauteuil en rotin, la trappe de la carte mémoire ouverte. La carte n'est plus dans son logement.

Mes interrogations sont interrompues par l'arrivée des pompiers. Ils prennent en charge Lilian dont l'état semble les préoccuper.

Qu'y avait-il sur la carte ? Des clichés de la voiture ? Du tueur ? Comment Lilian a-t-il remonté la piste jusqu'au véhicule ?

Le capitaine des pompiers interrompt mes pensées.

– Vous savez ce qui s'est passé, jeune homme ?

– Non. Je l'ai trouvé dans cet état.

– Votre ami a été victime d'une agression, alors j'ai prévenu la police. C'est la procédure habituelle, précise-t-il.

Deux des hommes qui accompagnaient Mantini le soir du meurtre s'avancent vers moi.

Pendant que le premier m'interroge, le second prend des clichés. Je raconte ce que je sais et j'active le haut-parleur pour qu'il entende le message enregistré sur mon répondeur. Le lieutenant de police note mes déclarations dans un carnet.

– Vous avez signalé l'incident de la voiture ? demande-t-il.

– Non. Un camarade m'a tiré sur le trottoir et le véhicule m'a juste frôlé.

Le lieutenant affiche une moue réprobatrice sans faire de commentaire.

– Mon collègue et moi allons interroger vos voisins. Peut-être l'un d'entre eux aura-t-il vu entrer la personne qui a agressé votre ami. Vous pouvez rentrer chez vous, toutefois vous devrez passer au commissariat pour signer votre déposition.

J'obtempère. Quand j'arrive à la maison, ma mère est encore à son travail. Je grimpe dans mon repaire et allume l'ordinateur. J'ai besoin d'évacuer mon stress. Je réfléchis quelques instants puis je me laisse guider par mon inspiration.

Lilian ne s'étonna pas que l'on frappe déjà à sa porte. Il était calme mais sentait son cœur battre plus fort et plus vite que d'habitude. Dans quelques minutes, il allait jouer une partie de poker. Après avoir laissé un message sur le répondeur d'Arthur, il avait appelé le tueur. Il répugnait à dénoncer un de ses voisins à la police et préférait qu'il se constitue lui-même prisonnier.

— Je peux entrer ? lança le voisin.

L'homme que Lilian avait en face de lui serrait les poings sous l'emprise d'une colère rentrée. Lilian se demanda un instant s'il n'avait pas présumé de ses forces et surtout de ses arguments.

— Vendredi soir, commença-t-il, vous avez tenté de renverser Arthur. J'ai remonté la piste jusqu'à la voiture...

Lilian déposa sur la table une photo de l'arrière du véhicule, reconnaissable à son feu brisé et son pare-chocs déboîté.

Je m'arrête un instant pour réfléchir. La découverte par Lilian du véhicule reste un mystère et savoir comment il l'a relié à l'un de nos voisins en est un autre. Il éclaircira ces zones d'ombre quand il reprendra conscience. En attendant de connaître la vérité, je lui prête la mienne.

— J'ai trouvé Arthur très convaincant, le soir où il a affirmé qu'une femme avait été assassinée, poursuivit Lilian. Quand la police est partie, je suis resté derrière ma fenêtre. Je sais, ajouta-t-il, c'est assez vilain d'espionner ses voisins mais c'est encore plus moche d'étrangler quelqu'un.

Les yeux du tueur semblaient vouloir sortir de leurs orbites mais il ne broncha pas. Lilian continua :

— Je possède un appareil photo très perfectionné, muni d'une fonction « night shot » qui me permet de réaliser des clichés de nuit. Imaginez ma surprise quand une ombre a traversé la cour quelque temps après le départ du commissaire Mantini et que ladite ombre est entrée dans la grange.

— Que voulez-vous ? articula l'homme.

Lilian esquissa un sourire.

— En utilisant un logiciel de retouche d'image, j'ai obtenu un cliché sur lequel vous apparaissez portant un tapis qui paraissait bien lourd, à en juger l'expression de votre visage.

— Que voulez-vous ? répéta l'homme d'une voix blanche.

— Vous avez jusqu'à ce soir pour vous rendre au commissaire Mantini. Faute de quoi je lui remettrai les preuves et je publierai un article vous dénonçant à la une de mon journal.

La flamme de la bougie s'éteint. Je reste dans l'obscurité, pensif. Oui, cela a pu se passer comme ça. Qui est l'assassin ? Defoix le légionnaire ? Legal le concessionnaire ? Caron l'agent immobilier ou Gilles le père de famille ?

Une chose est sûre, le tueur prend de plus en plus de risques pour couvrir ses arrières. Et je viens à nouveau de contrecarrer ses projets. Il n'imaginait certainement pas que je découvrirais Lilian aussi rapidement.

Dès que ma mère rentre, je lui raconte que Lilian a été agressé. Elle tombe des nues.

– Je contacte l'hôpital, s'exclame-t-elle en attrapant le téléphone.

L'état de Lilian est stationnaire. La soirée est plutôt morose.

Déjà mercredi. L'état de Lilian ne s'est ni aggravé ni amélioré. Les médecins l'ont plongé dans un coma artificiel. L'enquête de police n'a rien donné et Mantini ne m'a rien dit de plus quand je suis allé signer ma déposition.

La pluie tombe sans interruption depuis la veille au soir, transformant le moindre ruisseau en fleuve.

La pression monte. Dans trois jours nous serons sur scène devant un vrai public et il reste de nombreux détails à régler. Guillaume est guéri. Il est livide, mais bien présent.

– Je ne vais sûrement pas lâcher l'affaire ! lance-t-il.

Rassuré sur ce point, je passe par l'aquarium pour mettre en ligne les articles déposés par les uns et les autres. À mon avis, Tonio ne m'en fournira plus sur le tuning ! J'organise la rubrique des sports quand des bras glissent autour de mon cou. Puis les cheveux de Faustine caressent ma joue.

– Je suis désolée, chuchote-t-elle à mon oreille.

– De quoi ? je demande en respirant son parfum.

– Tu te débats dans une histoire sordide et moi je ne parle que de mes parents qui divorcent.

Je proteste mollement.

– Tu m'as déjà beaucoup aidé. Je comprends que tu aies du mal à penser à autre chose.

– Je t'adore, dit-elle en m'embrassant.

Elle s'assoit en face de moi et plante ses yeux immenses dans les miens. Je m'y noierais bien mais elle ne m'en laisse pas le temps.

– Tu en es où ? questionne-t-elle.

Je lui raconte les hypothèses que j'ai échafaudées concernant l'agression de Lilian. Faustine esquisse un sourire puis arbore un visage solennel.

– On laisse passer ta pièce, propose-t-elle d'un ton grave, et lundi on retourne chez les flics. On ne quittera pas le commissariat tant que Mantini ne t'aura pas pris au sérieux.

Si j'avais pu prévoir l'avenir, je serais allé au commissariat tout de suite. Mais plutôt que de suivre le conseil de Faustine, j'ai tenté de faire bouger les lignes, j'ai jeté un pavé dans la mare, comme dirait ma mère. Difficile de se résoudre à patienter alors que le tueur a laissé Lilian pour mort et a failli me tuer.

Je suis l'adage favori d'Aragon, « Écrire, c'est mentir vrai ». Sur l'écran de mon ordinateur s'affichent les lignes que je tape :

« Lilian avait raison de se méfier de vous. Je sais tout. Si vous ne vous êtes pas dénoncé d'ici lundi, je dépose le double des preuves qu'il m'a remises. »

J'imprime le message quatre fois sans le signer. Puis je dépose chaque exemplaire dans les boîtes aux lettres de mes voisins. Trois d'entre eux ne comprendront rien. Le quatrième saura de quoi je parle.

QUE LE SPECTACLE COMMENCE !

Tina entrouvre légèrement le rideau rouge qui ferme la scène.

– Qu'est-ce que tu vois ? questionne Vincent d'un ton angoissé.

– Qu'est-ce que tu veux que je voie, banane ? se moque-t-elle. Des gens ! Des tas de gens. Tiens ! Le proviseur vient de s'asseoir au premier rang avec la CPE. Ah ! Mes parents et ma petite sœur se sont installés au balcon !

– Hé ! s'exclame Guillaume. Tonio et Clothilde entrent main dans la main !

Je me tiens un peu en retrait. Depuis ce matin, le théâtre n'est qu'une ruche bourdonnante. François, Guillaume, Vincent, Alexis, Tina et notre nouvelle recrue Maëva ont répété sans relâche sous le regard des angelots sculptés le long de la rambarde du balcon qui surplombe la salle. Les comédiens en herbe se sont adaptés à la scène et Lionel, à la régie, a procédé aux réglages des lumières.

Dans l'entrebâillement des rideaux, je scrute la salle à mon tour. Je reconnais les parents de certains de mes copains, ma mère, qui s'est assise à côté de Mlle Avril et puis Faustine. Elle s'est installée dans un coin, au fond de la salle. Lionel plonge le théâtre dans l'obscurité. Le brouhaha des discussions s'estompe.

Je frappe les trois coups. Que le spectacle commence !

La petite troupe salue sous les applaudissements nourris du public. Un premier rappel, puis un second. Mes camarades me font venir sur scène. À ce moment précis, j'ai la tête dans les étoiles.

– C'était formidable ! s'exclame ma mère, après avoir attendu patiemment son tour pour s'approcher de moi. Tu passes toujours la soirée avec Faustine ? poursuit-elle en la cherchant du regard. Tu es sûr que ça ne dérange pas ses parents de te ramener ensuite ? Si tu veux, je peux encore annuler ma soirée.

– Ne change rien à tes projets, m'man. Tu avais organisé cette sortie bien avant qu'on modifie la date de la représentation. On mange un morceau au Mac Do et la mère de Faustine me ramène.

Inutile de préciser que, depuis le début, j'ai prévu de rentrer avec Guillaume sur son scooter. Je sais, ce n'est pas bien, mais à seize ans le lapin a passé l'âge d'obéir à tout ce que dit sa maman.

Ma mère dépose un baiser rapide sur ma joue et part. Le théâtre s'est vidé, à l'exception des acteurs et de Lionel qui attend sans impatience le moment où il pourra éteindre les lumières.

Je cherche Faustine des yeux. Son fauteuil est vide. Tandis que je m'approche, un détail me perturbe. Son sac à main est au pied de son siège.

Une boule grandit dans mon ventre. Toutes ses affaires se trouvent dans son sac. Il y a même son portable. Et surtout un mot. Un message du tueur. « Là où tout a commencé. Ne préviens pas la police. »

Tout est ma faute. Je suis stupide et puéril. J'ai menacé l'assassin. Comment ai-je pu croire un seul instant qu'il se dénoncerait ? Je rejoins Guillaume et Alexis sur le trottoir. La nuit est glaciale.

– Qu'est-ce qui se passe ? s'inquiète Guillaume en voyant mon visage défait.

– Le tueur a enlevé Faustine.

– Mais…

Pas de temps à perdre. Je tends la main.

– Donne-moi les clefs de ton scooter.

– Où veux-tu aller ?

– Je vais la chercher.

– On vient avec toi, déclare Alexis. Seul, tu ne feras pas le poids.

– Non. Tous les deux, vous allez chez les flics et vous vous débrouillez pour les convaincre de me rejoindre dans la maison où le meurtre a été commis. Vous ne serez pas trop de deux.

– Et si le type est armé ? lâche Guillaume.

– Il croit que je possède des preuves le compromettant. Je suis en sécurité tant qu'il en sera persuadé.

J'arrache les clés des mains de Guillaume, enfile le casque et démarre. En d'autres temps, j'aurais profité du plaisir de conduire un scooter, mais Faustine occupe mon esprit tout entier.

La maison où la femme a été tuée est plongée dans l'obscurité. Je farfouille dans le logement de rangement du scooter. Il y a une lampe de poche.

J'adresse un remerciement muet à la mère de Guillaume qui ne laisserait pas son fils sortir à la nuit tombée sans le matériel du parfait petit mécano.

La porte n'est pas fermée à clé. À la lumière de ma lampe, je découvre un couloir tapissé de grosses fleurs orange qui devaient être à la mode dans les années 70. De chaque côté s'ouvrent plusieurs pièces. Je ne m'attarde pas au rez-de-chaussée.

Le souffle court, j'emprunte un escalier qui grimpe à l'étage.

Je me retiens de hurler le prénom de Faustine. Les marches en bois grincent à chacun de mes pas.

Un palier dessert plusieurs pièces. Je me dirige droit vers celle du fond. D'après l'orientation de la maison, elle donne sur la fenêtre de mon repaire.

J'ai l'impression que mon cœur a envahi ma cage thoracique. J'ouvre lentement la porte. Je ne sais pas ce qui m'effraie le plus : la peur de trouver Faustine ou la crainte qu'elle n'y soit pas.

Faustine est allongée à même le sol. Un bâillon recouvre sa bouche et une corde entrave ses mains et ses pieds. Elle pousse un gémissement quand elle me voit.

– Faustine !

Je me précipite pour la délivrer mais je m'arrête dans mon élan. Son regard est fixé juste derrière moi. Je comprends trop tard. Je reçois un coup sur la tête qui me plonge dans les ténèbres.

LA DERNIÈRE HEURE

Quand je reprends conscience, j'ai du mal à comprendre où je suis. Ma tête me fait affreusement souffrir. Je voudrais la toucher mais mes mains ne peuvent pas l'atteindre. Encore quelques secondes et tout me revient en mémoire.

– Alors Roméo, tu sors des vapes ? Comment te sens-tu ?

Legal ! Legal le concessionnaire se tient debout devant moi.

J'essaie de dissimuler ma surprise. Je suis censé savoir que c'est lui l'assassin. Comme Faustine, je suis attaché.

– Où sont les preuves ? demande Legal d'un ton sinistre.

Je dois absolument gagner du temps. Si Legal se doute que je n'ai rien à lui offrir, je ne donne pas cher de notre peau. À côté de moi, mon amie gémit.

– Je ne vous les remettrai qu'une fois Faustine en sécurité.

Legal s'approche de moi, le visage menaçant.

– Tu n'es pas en position de marchander. Dis-moi où sont les preuves.

Je ne sais pas comment nous sortir de là. Je peux à peine bouger et même si je hurlais, personne ne m'entendrait.

Alexis et Guillaume n'ont pas réussi à convaincre les flics, sinon ils seraient déjà ici. J'essaie de gagner du temps en questionnant le tueur.

– La fille que vous avez étranglée, c'était votre maîtresse ?

Legal hausse les épaules.

– Une histoire vieille comme le monde. Elle menaçait de révéler notre liaison à ma femme si je ne divorçais pas. J'aurais tout perdu.

L'homme semble parler pour lui-même plus que pour moi.

– Je lui ai promis ce qu'elle voulait entendre. J'ai profité de l'absence de ma femme pour lui faire croire que nous étions séparés. Je lui ai dit que je l'emmenais chez moi. Elle ne s'est pas méfiée.

– Vous aviez une clé d'ici ?

– L'ancien propriétaire m'avait confié un double qu'il n'a jamais récupéré.

Subitement, l'homme sort de sa torpeur.

– Tu essaies de gagner du temps, crie-t-il, mais maintenant, c'est à ton tour de cracher le morceau !

Il se penche vers Faustine, qui pousse un long cri de peur, étouffé par son bâillon. Soudain, la fenêtre se brise. Un objet roule dans la pièce et deux détonations retentissent suivies d'une lumière aveuglante. Un gaz se répand.

Ma vue se brouille. Des silhouettes noires surgissent par la fenêtre et par la porte. Un visage recouvert d'une cagoule noire s'approche et chuchote à mon oreille :

– Tout va bien. Vous êtes sauvés.

Je me réveille à l'hôpital, avec un bon mal de crâne et l'envie de vomir. Ma mère et le commissaire Mantini sont au pied de mon lit.

– Faustine ? je demande, la bouche pâteuse.

– Elle va bien, répond ma mère dont les yeux sont si rouges que je me demande combien de temps elle a pleuré.

Je me tourne vers le commissaire.

– Mes amis ont réussi à vous convaincre…

– Ça n'a pas été nécessaire, explique Mantini en approchant une chaise de mon lit.

Il s'assoit lourdement et enchaîne :

– Les fortes précipitations des derniers jours ont fait remonter un corps à la surface du Grand Morin, à une quinzaine de kilomètres d'ici. Le corps n'était pas identifiable, mais il était enroulé dans un tapis. Je me suis souvenu de notre conversation au commissariat. Les faits étaient suffisamment troublants pour que je mette en place une surveillance discrète.

– C'est-à-dire ? interrompt ma mère qui me serre la main comme si j'avais deux ans.

– Depuis la découverte du corps, un de mes hommes était posté dans la grange. Il avait une vue imprenable sur la cour.

Cette fois-ci, c'est moi qui n'en reviens pas.

– Vous nous surveilliez ? je demande en me redressant pour tenter de soulager mon mal de tête.

– Je vous protégeais, corrige Mantini, qui sort sa pipe puis la range à regret dans sa poche. Je n'avais pas envie qu'il vous arrive la même chose qu'au journaliste. À ce propos, il est sorti du coma. Il est hors de danger.

– Tant mieux, dis-je soulagé. Lilian vous a expliqué comment il avait découvert que Legal était l'assassin ?

Mantini acquiesce.

– Votre ami est passé au commissariat pour savoir si une voiture noire avait été signalée volée dans la région. Comme ça n'était pas le cas, il a eu l'intuition de visiter la casse automobile la plus proche. C'est là qu'il l'a retrouvée. Deux jours auparavant, son propriétaire avait acheté une voiture neuve dans un garage qui s'était chargé de déposer sa vieille Clio à la casse.

– Ce garage était celui de Legal, n'est-ce pas ? Il s'est servi de cette voiture parce qu'une fois mise à la casse, les preuves auraient été détruites en même temps que le véhicule. Le plus légalement du monde ! Quand je pense que je soupçonnais Caron parce qu'il avait hérité d'une belle somme d'argent !

– L'argent est souvent un mobile de meurtre, coupe Mantini, aussi ai-je épluché les comptes de chacun de vos voisins. Monsieur Caron a réellement touché un héritage !

Le commissaire se lève de sa chaise et marche de long en large dans la chambre.

– Samedi après-midi, poursuit-il, j'ai reçu les résultats des prélèvements ADN effectués sur le corps repêché dans le Grand Morin. Il s'agissait d'une femme. Elle était fichée pour un délit mineur. Elle habitait Paris et son adresse m'a rappelé un détail. Legal avait eu une contravention pour un stationnement sur une place destinée aux handicapés, juste en bas de son immeuble.

– Personne n'avait signalé sa disparition ? je m'étonne.

– Ses voisins la croyaient en vacances. Ils n'avaient pas de raison de s'inquiéter. En fin de soirée, j'ai été averti qu'il y avait du mouvement dans la cour. Legal et une jeune fille venaient de pénétrer dans la maison vide.

– Faustine, dis-je dans un souffle.

Mantini acquiesce tandis que ma mère ouvre des yeux effarés.

– J'ai alerté le GIPN. C'est la procédure.

– Alors lorsque Guillaume et Alexis ont débarqué au commissariat...

– ... une dizaine d'hommes étaient en position, prêts à intervenir, quand un jeune homme à scooter a débarqué !

– J'ai failli tout faire rater, alors.

– Je ne dirais pas ça, non. Si vous n'aviez pas été témoin du meurtre, on n'aurait jamais soupçonné Legal.

On frappe à la porte. Guillaume et Alexis, l'air inquiets, apparaissent dans l'entrebâillement.

– Je vous laisse, conclut le commissaire.

– Moi aussi, dit ma mère en m'ébouriffant les cheveux. À tout à l'heure.

Des bandages protègent les poignets meurtris de Faustine. Je lui caresse doucement la joue.

Je meurs d'envie de l'embrasser.

– Je t'aime, chuchote-t-elle.

– Je t'aime aussi.

La porte de la chambre s'ouvre sur une infirmière aux formes généreuses.

– Ah ! Les tourtereaux vont mieux ! clame-t-elle en vérifiant la perfusion reliée au bras de Faustine. Le médecin passera tout à l'heure et vous pourrez rencontrer notre psy dès demain.

– Le psy ? je demande interloqué.

L'infirmière pose ses poings sur ses hanches.

– Jeune homme, votre corps, la médecine le guérira, mais les blessures de l'esprit ont elles aussi besoin d'être soignées !

– Mon corps va très bien et pour guérir mon moral, j'ai un bien meilleur traitement ! intervient Faustine, en s'adossant contre son oreiller.

Pour prouver ses dires, elle m'attire contre elle et m'embrasse comme si nous étions seuls au monde.

L'AUTEUR

Christophe Miraucourt est né au siècle dernier et à ceux qui s'étonneraient qu'il ne soit pas encore en maison de retraite, il rétorque qu'« écrire aide à rester jeune ».
Après avoir été instituteur puis instit'auteur, il devient, avec ce premier polar, « institutueur ». Heureusement, son seul crime est fait de pages et de mots, où l'encre de son stylo remplace le sang des victimes.
Grand amateur du genre policier, il a souhaité passer du statut de lecteur à celui d'auteur. Le personnage de son récit se définit comme étant le plus jeune écrivain de France. Il s'agit donc bien d'une œuvre de fiction et pas d'un roman autobiographique puisque Christophe n'a été publié qu'après ses trente ans.

DANS LA MÊME COLLECTION

Le fantôme de Sarah Fisher

Sarah se réveille… fantôme et veut découvrir pourquoi elle est morte. Convaincue d'avoir été assassinée, elle hante l'orphelinat où elle a vécu pour identifier son agresseur.

La sorcière de midi

Des enfants disparaissent mystérieusement du petit village perdu dans les neiges. Ed et Harold décident de défier la sorcière et s'enfoncent dans la forêt...

L'ordinatueur

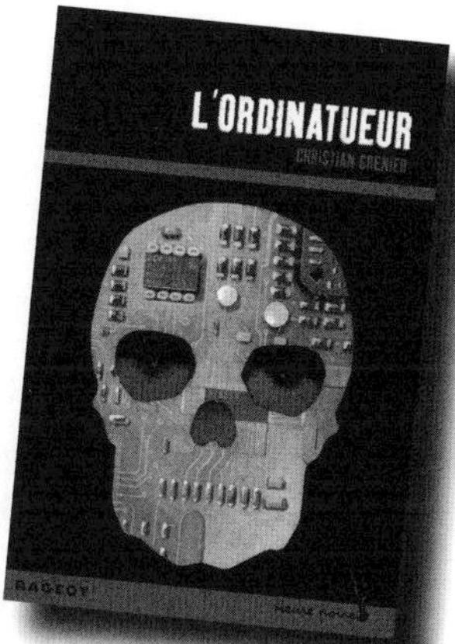

Un ordinateur ultra sophistiqué peut-il tuer ? Logicielle, inspectrice à la police scientifique, doute. On vient pourtant de retrouver un sixième cadavre face à la terrible machine.

Dérapages en série

Dans un village de l'est de la France, Bastien multiplie les petites combines. En récupérant une mallette sur le lieu d'un accident il est pris dans un engrenage infernal…

PAPIER À BASE DE FIBRES CERTIFIÉES

RAGEOT s'engage pour l'environnement en réduisant l'empreinte carbone de ses livres. Celle de cet exemplaire est de :
628 g éq. CO_2
Rendez-vous sur www.rageot-durable.fr

Achevé d'imprimer en France en mars 2013
par l'imprimerie Hérissey à Évreux.
Dépôt légal : avril 2013
N° d'édition : 5861 - 01
N° d'impression : 120231